La Symétrie de l'Effet

Jules MUDHIAC

Autoédition

Autoédition
contact@la-symetrie-de-leffet.com
Dépôt légal Février 2018
ISBN 978-2-900709-00-9
© Thomas Michaud

À Cécile.

Prologue

Un été revient toujours avec son lot de souvenirs. Étrange non ? En été on cherche nos souvenirs, en hiver je crois qu'on les fuit. Fermez les yeux un instant, pas trop longtemps sinon je ne vous reverrai plus. Demandez-vous quel est le dernier souvenir qui a refait surface en vous. Alors ? Vous en avez un ? Vous n'êtes peut-être pas très à l'aise avec l'exercice. En ce qui me concerne, c'est mon quotidien. Je passe mon temps à me bagarrer avec mes souvenirs. Je suis devenu très bon dans le domaine. Un expert. C'est sans doute un luxe vous me direz, certaines personnes n'ont rien avec quoi se battre. Je ne me plains pas, je constate simplement. Parfois, il m'arrive même de me fabriquer de faux souvenirs. De rêver à une vie que je n'ai pas eue ou d'imaginer faire des choix que je n'ai pas faits. Je suis certain que bon nombre d'entre vous aussi. C'est humain. Ce qui est important c'est que chaque élément soit à sa place. Qu'un souvenir vécu reste et qu'un souvenir voulu ne perdure jamais trop longtemps.

Je crois qu'un nouvel été c'est le moment de faire le bilan. Le moment de regarder les cases de l'année dernière qu'on a pu cocher, celles qui sont restées vierges, voire, les nouvelles qui apparaissent. Je suis dans ma trente-deuxième année et je dois en être à mon quinzième bilan estival. L'enfance est un monde dans lequel ce type de préoccupation n'existe que pour les parents. J'ai commencé ce petit rituel à l'adolescence. Ça tombe bien que vous soyez là, vous me soutiendrez dans ce moment pas toujours très évident. L'année dernière, j'étais resté sur un « en progrès mais peut mieux faire ». C'était tout à fait honorable ! Oui je sais. Je suis un peu en train de préparer le terrain. Reprenons donc la liste des cases non cochées il y a un an.

1. Reprendre le sport : on peut la valider celle-là. Je me suis inscrit à la salle. Avec l'abonnement complet : accès aux installations, cours collec-

tifs, espace aquatique, spa, bref du genre « la totale ». Le tout, à cinq minutes de chez moi. Je me suis surpassé dans cette recherche. Un peu moins concernant la fréquentation, il me faut bien l'avouer. J'ai dû y aller cinq fois. Ne criez pas au scandale tout de suite, la case mérite vraiment d'être cochée. Je cours tous les jours ! C'est une longue histoire, mais disons que tout a commencé quand je suis monté sur la balance il y a quelques mois. Les pires prévisions étaient éloignées du nombre que j'y ai vu alors. J'ai décidé de changer un peu d'hygiène de vie. Le footing matinal a fait partie de cette révolution.

2. « Mon tri sélectif ». Je vous arrête immédiatement, ce n'est pas ce que vous croyez. Je vous entends d'ici : « Quoi ?! En 2017, il ne trie même pas ses déchets, avec les problématiques que nous connaissons sur le sujet, c'est totalement irresponsable ». Bien sûr que je les trie, et pour tout vous dire, depuis ma remise à niveau sur « quel déchet va dans quelle poubelle » lors

de la fête de mon quartier il y a quelques semaines, je suis prêt à parier que je le fais mieux que vous ! Pour autant, je suis certain que, comme moi, vous avez le fameux « sac à plastique » et « sac à verre ». Peut-être même que pour les plus aventuriers d'entre vous, ces deux sacs ne font qu'un. Je ne sais pas vous mais, en ce qui me concerne, au lieu d'aller jeter mon plastique et mon verre au fur et à mesure, comme tout être sensé ferait, je le jette uniquement quand le sac déborde complètement. J'ai beau essayer de me raisonner à chaque fois, impossible de lutter. Pourquoi est-ce qu'il faut attendre que ce satané sac soit à ras bord pour que je daigne me décider à jeter son contenu ? C'est toujours le même scénario. Je croise Mme Antunes du premier étage avec mon sac rempli et je vois cette interrogation lancinante dans son regard : « Pourquoi ? ». Je n'en sais rien. Bref, force est de constater que la case restera vierge.

3. Se remettre à la musique : pas l'ombre d'une avancée sur le sujet. On ne coche rien.

4. Rencontrer quelqu'un : voilà un point… épineux. Je vous le dis d'ores et déjà, on ne cochera pas cette case non plus. Oui, je suis toujours célibataire, je suis classé dans la fameuse catégorie « célibataire endurci ». Mais j'ai fait des efforts, on ne peut pas le nier. Je me suis inscrit sur différents sites internet, j'ai même rencontré de nouvelles têtes. J'ai déjà pas mal d'anecdotes sur tout ça. De situations improbables aux plus… dérangeantes. Je continue, je persévère. Je dois être un peu compliqué. À chaque fois, j'ai l'impression de demander la lune. Je finis par penser que, dans la société dans laquelle nous vivons, c'est particulièrement difficile de trouver quelqu'un. On doit se confronter à des idéaux fabriqués de toutes pièces, bien loin des réalités et de ce qui fait une solide histoire d'amour. Je suis certain que vous voyez parfaitement ce que je veux dire. Inutile de vous faire un dessin. Je cherche quelqu'un avec un peu d'ambition et qui soit prêt à jouer le jeu d'une rencontre. Que celui qui sait trouver cela se dénonce et me

donne immédiatement sa recette magique. Je suis plus que preneur.

Voilà qui termine les cases qu'on pouvait cocher. Il nous reste maintenant les nouvelles cases à ajouter. Mais je crois que vous n'êtes pas encore prêt pour ça.

Chapitre 1

Lucie et Romain

L e réveil sonne à 6 h 42. Et comme à mon habitude, je mène une lutte acharnée pour sortir de mon lit. Avant de cocher la case « reprendre le sport », je traînais de longues minutes sous la couette. Mais ce temps-là est révolu. Dès que je trouve une brèche dans la défense de mon adversaire, je m'y engage. J'attrape mes affaires de sport, que je n'enfile pas toujours très réveillé. C'est un risque. Celui de se retrouver avec un tee-shirt à l'envers, ou des chaussettes dépareillées. Fort heureusement, à ma connaissance, il n'y a jamais eu d'accident industriel de ce type. Dernier élément important, le chrono. Le garant de la séance. Comme tous les matins depuis des mois, je descends vers les bords de Seine. Je démarre mon chronomètre et c'est parti pour une heure. Une heure pendant laquelle la journée se met en place : les impondérables du jour qu'il va falloir gérer, les ratés de la veille qu'il va falloir corriger, les réponses à trouver sur des sujets aussi sensibles que la liste des courses à faire, le délai du prochain texto à envoyer à ma dernière rencontre ou la recherche d'une idée cadeau pour l'anniversaire de ma mère. C'est un moment important et fondamental de la journée. Mais surtout, c'est un temps pour moi où j'arrive à prendre du recul sur tout. C'est une habitude dont je ne me pourrai plus me passer. Tout un paradoxe quand on pense à quel point cela ne me faisait pas du tout envie auparavant. Une fois rentré à l'appartement, douche rapide et petit déjeuner. Ultime moment de calme. 8 h 20, c'est le top départ. J'attrape la ligne 3 pour me rendre au bureau. Je suis actuaire dans une société d'assurance. En quoi ça consiste ? À calculer le coût de votre assurance automobile pour que, malgré le fait que vous refassiez l'aile de votre voiture en sortant de votre garage, nous continuions à gagner de l'argent. Beaucoup de mathématiques dans tout ça. Le cœur même de ma formation. J'ai un master de mathématiques. Ne me demandez pas pourquoi j'en suis arrivé à faire des maths. C'est un fait. Comme je ne voulais pas faire d'enseignement et correctement gagner ma vie (vous me direz que ça va de pair), je me suis retrouvé dans l'actuariat. Ça fait presque dix ans maintenant. Ce boulot ne me passionne pas, mais je n'ai pas à me plaindre non plus. Il comporte des aspects intéressants, je travaille dans une équipe qui s'entend bien et je suis à trente minutes de chez moi. Je n'y ferai sans doute pas ma carrière mais pour le moment ça me convient très bien. Comme (presque) tous les matins, je sors du métro à 8 h 45. J'emprunte la sortie numéro 2, je passe par l'automate de gauche. Je monte les marches deux par deux pour me retrouver à l'air libre. Trente mètres plus loin, l'entrée de la société. J'utilise mon pass, toujours rangé dans la poche avant de mon sac. Une sorte de rite immuable. Je me dirige vers l'accueil où j'échange un regard avec Martine. Tout le monde l'aime bien Martine. C'est un peu notre maman. Et puis c'est la certitude d'un sourire tous les matins. Une rareté des temps modernes. J'appuie sur le bouton de l'ascenseur pour qu'il m'amène au 3e étage. Quelques pas et me voilà assis au poste 1539, il est 8 h 51, les hostilités peuvent démarrer.

Elles démarrent toujours par un café et bien souvent le fil de conversation de la « dream team ». Cette dernière se compose des meilleurs : Romain, Lucie et moi-même. Ces deux-là, c'est une longue histoire. On s'est rencontré sur les bancs de la fac. On ne s'est jamais lâché depuis. Alors quand chacun a démarré sa vie de son côté, on a ouvert cette discussion sur internet. On ne l'a jamais interrompue. Ça fait quasiment six ans. On se raconte en direct notre journée, nos ennuis du moment ou nos petits instants de bonheur. La plupart du temps, la conversation déborde en soirée, voire même la nuit. Du coup, il est souvent utile, en arrivant ici, de lire les messages nocturnes qui m'ont échappés. Ce matin, ça n'a pas raté. Il y a une trentaine de messages non lus. Principalement Lucie qui évoque son PVT. Oui, elle projette de partir au Canada, elle a fait sa demande de Programme Vacances Travail. Elle attend et est en pleine recherche d'emploi. À dire vrai, cela ne s'annonce pas forcément très bien. Avec son profil junior, son éloignement et sa capacité à ne pas savoir se vendre, ce n'est pas facile. Mais elle s'accroche. Justement, elle explique que l'agence photo qu'elle a repérée lui a gentiment dit que malgré son profil très intéressant, il n'y a pas d'opportunité immédiate pour elle, mais que, une fois là-bas, elle n'hésite pas à les re-contacter. Connaissant Lucie, elle se fera un plaisir de ne pas le faire. Au milieu de GIFs animés[1] que je ne vous décrirai pas, Romain demande si on est disponible ce soir pour prendre un verre. Étonnant. C'est le soir de son cours de guitare, habituellement le lundi soir, il n'est jamais libre. Il a visiblement quelque chose à nous raconter. Bien sûr que je suis disponible !

Hello l'ami... Ok pour moi ce soir 19 h au QG ! Pour que tu sèches ton cours de guitare, j'imagine que c'est de tout premier ordre ! Je ne peux donc pas rater ça.

---

[1]   Images animées souvent courtes

Je sursaute en entendant brutalement une voix derrière moi, échappant de peu à un accident de café.

- Léo, salut. La réunion sur la dernière analyse a été avancée. Salle F.
- Salut. Avancée à ?
- Tout de suite.

Un lundi matin comme je les aime.

Me voilà devant le quartier général, notre « QG ». Et en avance de cinq minutes. Romain sera de toute façon en retard et à mon avis Lucie est déjà là depuis au moins 20 minutes. Je parcours la terrasse du regard. En plein dans le mille. Elle est ici, le nez dans son téléphone. Elle ne me voit pas, j'en profite pour approcher discrètement.

- Bonsoir jeune fille, la place à côté de vous est-elle libre ?

Elle sursaute.

- Léo, j'en peux plus de toi ! Tu m'as fait peur ! dit-elle en levant la tête.

Elle reprend.

- Ça va ?
- Oui et toi ? Tu es là depuis longtemps ?
- Ça doit faire 10 minutes... J'avais un mail à envoyer pour une annonce que j'ai vue, je me suis dit que je serai tout aussi bien ici pour le faire.
- Un truc cool ?

La Symétrie de l'Effet

- Je ne sais pas trop, la boîte semble petite mais ils font pas mal de choses intéressantes dans le vidéo mapping et le temps réel, ça a l'air sympa.
- Tu as de vieilles réalisations à montrer au moins !
- Oui, dit-elle en souriant. Alors, d'après toi, qu'est-ce que va nous dire Romain ?
- Je ne sais pas trop, habituellement il ne fait pas trop de mystère comme ça. C'est quelque chose d'important. Peut-être qu'il quitte tout et qu'il part vivre à l'autre bout de monde.
- Avant moi ? Ça me ferait mal tiens !
- Moi aussi ça me ferait mal ! Déjà que tu me laisses comme une vieille chaussette ici, si en plus Romain s'en va, ça risque de me faire drôle !

Une voix se fait entendre de derrière :

- Qu'est-ce qui te ferait drôle ? Te trouver une nana ?

J'aperçois Lucie qui regarde au-dessus de mon épaule en étouffant son rire :

- Salut Romain, ça va ?
- Au top ! Et toi la Canadienne ?
- Gouja !

Romain se tourne vers moi.

- Salut toi ! Alors comme ça t'es plus célibataire ?
  dit-il en me dévisageant comme s'il croyait vraiment à ce qu'il venait de dire.
- Rigole... Peut-être que tu ne le feras plus après,
  parce que si j'ai bien compris, tu as des choses à
  nous dire.
- Si vous saviez... On va déjà s'asseoir et commander parce que la journée a été incroyablement
  éprouvante.

Nous voilà tous les trois, à deux pas de Beaubourg.
Comme souvent. Pourquoi Beaubourg ? Parce que
c'est à peu de chose près là que tout a commencé. On
s'est retrouvé tous les trois sur un projet de maths lié à
l'art. Un montage un peu improbable comme le
monde universitaire sait faire. Notre tuteur, un confé-
rencier assez connu, travaillait au centre Pompidou.

Alors la première réunion s'est tenue là-bas. On ne se connaissait pas du tout à ce moment-là. Petit à petit, à force de se voir dans le quartier pour bosser, ça a dérivé dans ce bar. À la fin, on ne se voyait plus du tout pour le projet mais juste pour passer un moment tous les trois. On a quelques souvenirs de soirées bien arrosées ici. C'est resté et c'est devenu notre « QG ». Ce qui est marrant avec Lucie et Romain c'est que le courant est tout de suite passé. Il nous a fallu cinq minutes à chacun pour savoir qu'on allait très bien s'entendre. Une forme de complémentarité. Romain venait d'un DUT informatique et voulait rattraper un master dans le même domaine. Sauf que, vu ce qu'il envisageait pour la suite, il lui fallait un vernis mathématiques. Il projetait de travailler dans la cybersécurité. Il a donc fait un passage par quelques enseignements d'algèbre et de cryptographie. Lucie, elle, était déjà ailleurs. C'est l'artiste de la bande. Après deux années très réussies en classe préparatoire, elle a voulu faire quelque chose de plus simple, alors elle a rattrapé une licence de mathématiques en attendant de voir arriver la suite. Elle était bien meilleure que tout le monde et a littéralement sur-volé son année. C'est d'ailleurs à ce moment-là qu'elle s'est mise à fond à la photo. On s'est ainsi retrouvé tous ensemble dans cet enseignement d'ouverture, avec un travail basé sur le nombre d'or. Contre toute attente, cette aventure nous a bien réussi. On ne s'est jamais lâché et on a eu une des meilleures notes.

- J'ai deux pressions et un coca Zéro. Je pense que le coca Zéro c'est pour mademoiselle. Et voilà pour vous messieurs.

J'ai attendu que le serveur soit à bonne distance pour initier la conversation.

- Alors Romain ? Dis-nous tout !

Il fait tourner son verre sur lui-même en le fixant machinalement.

- Vous savez que je suis en couple depuis mainte-nant 10 ans ?
- Oui, répond Lucie.

- Que ça commence à compter... Mais j'ai vraiment l'impression de faire du surplace. Qu'on avance plus trop, vous voyez ?
- Oui, c'est sûr que ça compte, acquiesce Lucie en me regardant, interrogative.
- J'ai envie d'autre chose. De plus.
- Ah bon ? Rétorqué-je, observant Lucie un peu décontenancée par ce qui est en train de se dire.
- Oui, j'ai beaucoup réfléchi, j'ai pris le problème dans tous les sens.
- Et ?
- Je vais la demander en mariage.

Au moment même où le mot « mariage » résonne, Lucie fond littéralement en larmes. Romain relève la tête et guette notre réaction, pressé de savoir ce que Lucie et moi en pensons.

- Tu m'as fait peur ! J'ai cru que tu allais m'annoncer autre chose ! C'est trop bien ! Mais je te préviens, il est impératif que tu te maries avant mon départ pour le Canada alors tu as intérêt à faire vite et bien ! Tu m'entends ? dit Lucie en se levant pour prendre Romain dans ses bras.

- Merci mais attends, elle n'a pas dit oui encore !
- Comme s'il y avait l'ombre d'un suspens quant à sa réponse, murmure-t-elle dans l'oreille de Romain.

Elle lâche Romain de son étreinte et me regarde. Il suit le mouvement et se tourne vers moi. Là, vous ne le voyez pas, mais je suis un peu embêté. Bien sûr que je suis très content pour lui, et ne vous inquiétez pas, je finirai par me lever et le féliciter à mon tour. Parce qu'il le faut, parce que Romain en a besoin et dans le fond parce que je suis content pour lui. Mais je ne peux pas m'empêcher de penser que, dans un certain sens, c'est le début de la fin. Non, je ne suis pas en train de faire le célibataire aigri ou jaloux de voir que son meilleur ami réussit haut la main sa vie amoureuse. Je vois simplement le tableau arriver, parce que Romain je le connais. Il fait surtout cela pour elle et pas complètement pour lui. Parce que, comme il dit, ça fait dix ans et « qu'il est temps ». Mais très vite il va tomber dans un schéma qui, moi, m'effraie. Celui de la maison avec jardin, du Scénic, coffre de toit et chien qu'on emmène en vacances. Je ne sais pas si c'est ce que veut Romain. Il le sait sans doute mieux que moi et il a certainement réfléchi à la question. J'espère simplement que c'est le cas et qu'il ne s'oublie pas dans cette initiative. Vraiment. Profondément.

- C'est génial, je suis super content pour toi ! Viens par là que je t'embrasse moi aussi.

Chapitre 2

Attrape un Garçon

Romain VA SE MARIER. Je ne m'en remets pas encore tout à fait. C'est surtout maintenant que je réalise vraiment, une fois posé chez moi. Il est 23 h, j'ai eu quatre heures pour digérer, mais c'est de pire en pire. Il a prévu de faire sa demande lors d'un voyage-surprise aux Maldives. Oui, ça ressemble un peu à un voyage de noces inversé. Mais à sa décharge, Clémentine, la future madame Romain, nous parle depuis un moment de ses « Maldives d'amour », et je crois que ce séjour est dans la tête de Romain depuis longtemps. Le départ est prévu dans quelques semaines. De toute façon, je ne vois pas du tout Clémentine lui dire non. Ces deux-là sont en couple depuis dix ans et je crois qu'ils se sont vraiment bien trouvés. En tout cas, jusqu'à maintenant c'est un quasi sans faute. En apparence et d'après ce que Romain nous laisse entendre de leur vie à deux. Là n'est pas la véritable question, elle dira « oui ». Vous vous posez secrètement la même question que moi, j'en suis certain. Qui sera son témoin ? Ou plutôt est-ce que Lucie ou moi sommes de potentiels candidats ? Oui. Favoris ? Oui. Futurs témoins ? Rien n'est sûr. Je crois que dans le fond Lucie serait la personne idéale. Lucie et Romain sont assez en phase sur leur vision de l'amour, du couple et de tout ce qui va avec. Je ne suis pas encore prêt, je suis toujours un peu fâché avec tout ceci. Mais c'est Romain et Clémentine, alors pourquoi pas. De toute manière, si Romain me propose, je me vois assez mal lui dire non. On parle de Romain !

Me voilà dans mon magnifique canapé. Souvent, je m'y perds. Quand je me suis installé dans cet appartement, j'ai tout de suite voulu un canapé d'angle. Le genre d'endroit dans lequel on peut s'allonger de tout son long. En large et en travers. Je crois que, secrètement, je me suis dit qu'il accueillerait souvent plusieurs paires de fesses. Mais il voit principalement les miennes. Ça pourrait faire partie des cases à ajouter dans la liste : « Offrir à mon canapé d'autres paires de fesses que les miennes ». J'aperçois mon téléphone qui s'allume. Un texto de Lucie :

Alors, remis de cette annonce ? Notre Romain se marie... Hâte de voir ça ! Bisous.

Visiblement, je ne suis pas le seul à prendre conscience. J'en profite pour regarder mes mails, mais très vite je dérive vers Attrape Un Garçon. Cet univers aussi terrible qu'addictif. Vous ne connaissez pas ? Le principe est assez simple. Vous vous inscrivez, homme comme femme. Vous ajoutez quelques photos et vous écrivez un mot pour vous décrire. La suite ? Si vous êtes un homme, vous consultez le profil des femmes. Si un profil vous tape dans l'œil, vous pouvez lui adresser un coup de foudre. Cette dernière sera alors prévenue et, si elle est d'accord, elle vous autorisera à venir discuter. Sur le papier, c'est plutôt plaisant. Le côté « girl po-

wer » a visiblement bien la cote au sein de la gent fémi-
nine. Dans la réalité tout n'est pas si beau. Par exemple,
pendant que je vous parlais, j'ai dû passer sur quatre ou
cinq profils. Un seul a retenu mon attention. Les
autres, pas du tout. En combien de temps ai-je jugé que
ces profils n'étaient pas intéressants ? Peut-être trois ou
quatre secondes. Dans l'absolu, c'est assez critiquable.
Après, je pense venir chercher quelque chose que peu
de gens viennent chercher. Comment je tranche ? Déjà
les photos. Le commun des mortels va regarder si physiquement la personne est attirante. Si elle correspond
à la liste, souvent très longue, des critères indispen-
sables pour accepter de bavarder : 1m85, taille manne-
quin, barbe de 3 jours, le plus sportif sera le mieux, ni
trop jeune ni trop vieux, et j'en passe. Ce qui m'intéresse, c'est de regarder quelles sont les photos qui ont
été publiées. Quel est le message ? Qu'est-ce qui est mis
en avant ? Qu'est-ce qui se cache derrière ? Y a-t-il de
la folie ? De la magie ? Est-ce qu'on devine un trait de
caractère ? Bref, quoi de plus révélateur que le choix des
photos qu'on met sur le profil d'un site de rencontre ?
La description après. Tout d'abord, j'élimine toutes les

fiches qui n'en ont pas. On est quand même là pour discuter, si quelqu'un n'est pas fichu d'écrire un petit message de présentation un peu orignal, ou du moins, qui permette de savoir à qui l'on a affaire, c'est très mal engagé pour la suite. L'utilisateur de base ? Je crois qu'il ne lit même pas cette zone. Et il y a le pire du pire, le summum du détail gênant : le statut. Je vous explique. En haut du profil, il y a un endroit qui permet de renseigner un statut. Il s'agit évidemment du statut actuel, au sens de l'humeur du moment, du mot qu'on a envie d'écrire temporairement. Pour 9 utilisatrices sur 10, il s'agit du statut… amoureux ! Comme si ce n'était pas évident que, sur un tel site, nous ne devrions trouver que des célibataires ! Énormément d'utilisateurs renseignent donc « célibataire ». Comme si ce n'était pas trivial. Je vous épargne les cas désespérés où on lit « en couple » ou « mariée ». Après tout, c'est à l'image de notre temps, et ça illustre bien la réalité du site. Bref, je sais que vous voulez que je vous parle plutôt du profil qui vient de retenir mon attention. Pseudo : « Madame Bulle ». 34 ans. Beaucoup de photos sans intérêt sauf une, on la voit en train de faire une bulle de chewing-gum, habillée en tailleur assez sérieux. Vous voyez, ça typiquement ça m'interpelle. Quelqu'un qui travaille dans un univers strict et qui pourtant cherche à contraster avec quelque chose de léger. Ça vaut le coup. Commerciale a priori. Et un petit mot.

Disons que je suis quelqu'un de multifacettes. Quoi ? Tu croyais que j'allais te mâcher le travail ? Que j'allais me décrire en te servant tout sur un plateau ! Allons allons… Soyons sérieux !

Je pense que Madame Bulle ne répondra jamais à mon coup de foudre. En général, les femmes un peu plus âgées détestent l'idée de fréquenter un homme plus jeune. Ça tend à disparaître plus on vieillit, mais tout de même. Pourquoi ai-je malgré tout envoyé ce coup de foudre ? Parce qu'on ne sait jamais ! J'en ai lancé une quantité assez astronomique. Pour assez peu de retours, proportionnellement parlant. Alors je commence à repérer les profils qui sont susceptibles de répondre ou pas. Celui de Madame Bulle ? J'estime qu'il y a 3 chances sur 10. Déformation professionnelle. Le téléphone vibre, c'est Romain :

Merci tous les deux pour cette petite soirée, ça m'a fait du bien de vous parler ça devenait embêtant de garder le secret !

Après une réponse de circonstance et un texto pour Lucie, je prépare ma tenue pour demain soir. Je ne vous ai pas dit ? Je vais à la deuxième soutenance de thèse de Marc. Oui, vous avez bien lu, sa **deuxième** soutenance de thèse. Marc est aussi fou qu'il est brillant. Je l'ai connu pendant mon master. Il envisageait déjà à l'époque de faire une thèse. Une fois docteur, ça ne lui a pas suffi, il a eu envie d'en passer une deuxième. Il est donc (presque) double docteur en mathématiques. Lorsque vous l'écoutez parler de ce qu'il fait, vous vous passionnez soudainement pour les maths. Il a réussi à capter l'attention de personnes qui avaient des boutons rien qu'à poser une addition. Quand je vous dis que ce Marc est un génie. Je vais faire sobre pour demain, je vais sortir une cravate noire et mon costume gris. Celui qui est souvent réservé aux mariages. Vous me direz « ça tombe bien », il sera prêt pour le grand jour de Romain ! Au moment où j'accroche ma cravate au cintre, j'entends mon téléphone vibrer. Ça doit être Lucie ! Je jette un coup d'œil rapide. Une notification sur l'écran : *Madame Bulle attend votre premier mot !*

3 chances sur 10 ça ne veut pas dire jamais.

Message de Scodineri : Je me pose soudaine-
ment une question : 3 chances sur 10, ça ne veut
pas dire jamais non ? Je te rassure tout de suite, je
n'aime pas l'idée qu'on me serve tout sur un pla-
teau. Je suis maladroit et phobique des plateaux.
Commerciale dans quel domaine ?

Non, ce n'est pas dingue comme première approche, mais il faut ménager sa monture. Le tout c'est
d'être assez réactif et de montrer qu'on sait ne pas être
conformiste. Le reste, on le garde pour la suite. De
toute façon, on va être rapidement fixé. Il y a grosso
modo trois scénarii envisageables. Premier scénario :
elle ne lit pas le message (oui, on voit si la personne
avec qui l'on échange a lu, ou pas, le dernier message).
Dans ce cas, on sait qu'elle fait partie des « je-m'en-
foutistes ». Elle ne filtre pas les profils avec qui elle
parle, elle accepte tout le monde. Aucune chance de se
faire une place. Deuxième scénario : elle lit le message,
mais ne répond pas. Là, c'est raté. Je n'ai pas visé juste
et le premier message n'a pas joué son rôle. Quasi impossible à rattraper. Troisième scénario : elle lit et elle
répond dans un délai raisonnable. Mon préféré, on

peut commencer à bavarder. Alors d'après vous, sur ce coup-là ? 1, 2 ou 3 (sans regarder en bas, tricheurs !) ?

Message de Madame Bulle : 3/10 c'est le nombre de chances que je laisse à mes clients pour ne pas signer de bon de commande. Je suis dans l'automobile, un monde très masculin, j'adore ça.

Vous en pensez quoi de cette réponse ? Voilà ce que moi j'en dis : bien, mais pas top. Déjà, elle a écrit un message, et assez vite. En plus, elle répond à la question posée. Ne me regardez pas comme ça, c'est plus que rare, la plupart des femmes n'en a rien à faire. Elles ne rebondissent jamais aux questions. Ça, c'est le côté « Bien ». Le côté « pas top » ? Elle n'ouvre pas trop la conversation et elle parle un peu d'elle. Mais ça ne m'étonne pas vraiment. Elle doit aimer se faire désirer. Voyons ça.

Message de Scodineri : 3/10 c'est convenable, mais il reste encore trop de clients qui repartent sans nouvelle voiture. Par exemple, je suis certain que moi, je suis dans les 3/10. Impossible de me faire plier comme « Monsieur Toutlemonde ». Pas simple d'évoluer dans un monde aussi masculin ! Non ? Tu arrives à tenir le choc ? Tu dois voir de sacrées choses...

Le but c'est de lui tenir tête et de lui montrer que vous n'êtes pas comme tout le monde. Et en même temps, il faut continuer à parler d'elle, la flatter un peu et voir comment elle réagit. Oui dans ces premiers mots, on est souvent dans le jeu. Ça ne veut pas dire qu'on n'est pas sincère ou qu'on n'est pas sérieux, mais on teste toujours un peu qui l'on a en face de soi. Histoire de savoir si ça vaut le coup d'aller plus loin.

Message de Madame Bulle : Ça, c'est ce que tu crois, personne ne me résiste. Je sais convaincre plus que tu imagines. Un beau sourire, un petit compliment, un joli décolleté et la moitié du chemin est fait ! Oui je tiens le choc, j'ai des arguments imparables. Je sais séduire tout en ayant des limites. Parfois les hommes ont du mal à les accepter ces limites, mais je sais, en ce qui me concerne, ne jamais les franchir. Oui j'ai plein d'anecdotes croustillantes à raconter. Et toi, tu serais pas envoûté par une jolie blonde qui te vend un joli bolide ? Tu crois pas qu'une femme sait mieux convaincre qu'un homme ? Tu fais quoi dans la vie ?

Bingo. Oui elle aime parler d'elle, mais on sent que c'est réfléchi, que ce n'est pas du narcissisme. Et vous avez vu ? Elle a ouvert, parfait. Il faut jouer le dernier tour de passe-passe : remettre à plus tard.

Message de Scodineri : Je crois que tout ça est relatif. Je n'ai aucun doute sur ta capacité à convaincre, mais tous les mecs ne sont pas bernés par un joli sourire, parfois il en faut plus ! Là, je vais rejoindre Morphée, mais promis, demain je te raconte la fin de l'histoire.

Suite au prochain épisode, s'il a lieu.

Me voilà revenu à la fac. Je suis devant l'endroit où j'ai passé plusieurs années de ma vie. Il paraît que ce sont les plus belles. Je ne sais pas trop, je n'ai pas encore fini de vivre. Je me dis que parmi les années qu'il me reste à explorer, j'en trouverai bien une ou deux qui pourraient rivaliser avec celles passées à la fac. Mais soyons francs, je garde un excellent souvenir de ces années d'université. On commence à façonner la vie qui s'ouvre devant nous. On se dit que tout est à écrire et que nous en sommes les auteurs. Le genre de sentiment plus qu'épanouissant. On peut enfin se raconter les histoires qu'on a envie de vivre. Et puis c'est souvent le moment où des amitiés fortes se nouent, c'est à ce moment qu'on croise des Romain et des Lucie. On rencontre l'amour de sa vie aussi. Votre premier amour. Comme toutes les premières vraies histoires, c'est forcément l'amour de votre vie. On y est tous passés. Et puis, le temps fait son œuvre. D'abord, on découvre ce que c'est qu'être amoureux. Après on apprend à conjuguer nos histoires d'amour dans nos réalités, dans nos quotidiens. Malheureusement souvent, on apprend aussi la nécessité de se protéger, de ne pas s'oublier, on

comprend que rien n'est jamais acquis, et que, finalement, tout cela est un combat comme beaucoup
d'autres par ailleurs. Me voilà donc revenu à cette
époque-là. Devant cette grande entrée où gravitaient
constamment des centaines d'étudiants, d'enseignants
et autres. Ça n'a pas vraiment changé, juste les effets du
temps qui passe. Marc soutient sa thèse dans un des
bâtiments les plus récents du campus. Ne me faites pas
dire ce que je n'ai pas dit, ce n'est pas un lieu récent
pour autant. Au regard de la saison et de la météo du
jour, on ne risque ni écoulement d'eau de pluie ni chaleur inhumaine. C'est une fraîche soirée de printemps,
sans l'ombre d'un nuage. J'espère croiser des anciens.
Le genre de moment où chacun découvre le parcours
des autres, avec étonnement ou avec le sentiment
d'avoir été visionnaire, lorsqu'à l'époque, on a parié sur
tel ou tel chemin. Je rentre dans le bâtiment Descartes.
Une flèche en dessous de la mention « Soutenance de
thèse : Optimisation de la capacité aéroportuaire avec
l'intégration des données environnementales ». Honnêtement, voilà un sujet tout à fait compréhensible
parce que, croyez-moi, j'ai aperçu des énoncés de thèses

qui nécessitent, à eux seuls, trois ans pour en approcher le sens. J'arrive devant la salle, j'entends un brouhaha qui se fait de plus en plus présent. Il y a foule ! Marc a fédéré beaucoup de monde et ce n'est pas surprenant. Il est sympathique et brillant. Deux qualités essentielles pour rassembler des gens à sa soutenance de thèse. Je l'aperçois près de l'écran de projection. L'air sérieux et concentré. Ce n'est pas la première fois qu'il se prête à l'exercice, mais ce n'est jamais une promenade de santé. Je suis assez déçu, malgré mon insistance pour croiser un regard familier, personne que je ne connaisse a priori. Le président du jury se lève et demande à tout le monde de s'installer au plus vite et de se taire pour laisser à tous les acteurs un petit moment de calme. Je m'exécute rapidement et trouve une place dans le premier tiers de la salle, excentré sur la gauche. Le président prend officiellement la parole et présente l'ensemble des membres du jury. Il la cède très vite à Marc qui démarre alors sa présentation. Il commence par expliquer un peu plus en profondeur le sujet et détaille les questions auxquelles il s'apprête à répondre. Une fois reformulée par Marc, la problématique semble incroyablement simple et passionnante. Il enchaîne son raisonnement. J'arrive dans les grandes lignes à suivre et à comprendre ce qu'il développe. Même si bon nombre de notions me ramènent des années en arrière. Je vous jure qu'à chaque nouvel argument, on entend, à voix basse, de nombreux « bien sûr », « évident », « bonne idée ». Parmi les personnes compétentes dans l'assemblée, il semble faire l'unanimité. Il poursuit ainsi pendant de longues minutes. Imperturbable. Il arrive doucement aux premières conclusions de sa thèse, et malgré beaucoup de maîtrise, on sent un peu d'anxiété le gagner. Comme quoi, il reste humain ! Très vite nous voilà rendus à la fin de sa présentation. Il projette à l'écran un résumé de ses résultats. Les dernières personnes en mesure de comprendre, et, jusqu'alors réticentes, semblent avoir définitivement rejoint le camp des convaincus. Marc termine sa conclusion. Il marque un temps d'arrêt. Le président du jury prend alors la parole.

- Merci Marc pour la présentation de ces résultats, tu te doutes que nous avons quelques questions à te poser.
- Oui, c'est évident. Néanmoins, mon cher Charles, je n'ai pas tout à fait terminé. J'aimerais vous proposer une conclusion alternative si vous me laissez quelques minutes.
- Bien entendu Marc, faîtes donc. Bien qu'il ne me semble pas voir apparaître cela dans votre plan de thèse, dit le Président en feuilletant ses documents.
- Charles, monsieur Terrez, monsieur le doyen, il se trouve que les résultats que je viens de vous présenter n'ont concentré que de courts mois pendant la préparation de ma thèse. Il m'est apparu une autre idée assez rapidement dans la constitution de mes recherches. Je vous propose donc une conclusion alternative, qui ne figure pas dans mon plan initial, c'est exact. Personne n'a encore vu ce que je m'apprête à vous montrer. J'espère que vous m'excuserez de cela. Je reprends.

Et Marc repart d'un résultat partiel énoncé il y a quelques minutes et expose une idée légèrement différente, une légère modification. Il se soumet une nouvelle fois à une argumentation, enchaînant les démonstrations. La salle semble subitement moins convaincue et devient de plus en plus réfractaire à ce qu'énonce Marc.

- Ainsi donc voilà ce qu'il me reste à prouver : considérons une courbe elliptique sur Q. Il me faut montrer que l'ordre d'annulation de la fonction L de cette courbe elliptique en s=1 est égal au rang de cette même courbe.
- Marc, merci, mais je pense qu'on va s'arrêter ici, vos premières conclusions apparaissaient comme solides, mais là vous prenez un chemin qui nuira au reste de votre travail. Vous savez tout autant que moi que vous allez dans une impasse.

L'ensemble de la salle est sans voix. Les membres du jury semblent très gênés.

- J'en finis, Charles, j'en finis, reprend Marc.

- Marc, nous allons nous arrêter là. Vous êtes en train d'énoncer la conjecture Birch et Swinnerton-Dyer, soyons sérieux ! Gardons du temps pour s'interroger sur vos premiers résultats.
- Et bien, je vous présente ma démonstration de la conjecture.

Marc appuie sur une touche de son clavier. Les plus experts de l'audience sont debout et les membres du jury se sont rapprochés de Marc, le nez collé à l'écran de projection. Ce n'était pas une thèse que Marc venait présenter, mais la démonstration d'un des problèmes mathématiques les plus complexes au monde.

Chapitre 3

Jouer son rôle

Inutile de vous dire que la fin de la soutenance a été assez atypique. Le calme est revenu. Le jury a posé quelques questions sur la première partie pour la forme mais sans grand intérêt. Je ne suis pas resté très longtemps, je suis parti après la délibération. C'est désormais officiel, Marc est 1) double docteur, 2) brillant et 3) complètement dingue. Je le laisse digérer tout cela et je prendrai des nouvelles dans quelques jours. La journée est vite passée, et le début de soirée a été bien rempli. Je vois en regardant mon téléphone que la « dream team » a été, **exceptionnellement**, bavarde. Il y a plus de 60 messages non lus… À croire que ces deux-là ne bossent jamais !

Hello vous, pas eu une minute à moi aujourd'hui. Quelqu'un me résume ? :)

J'arrive devant mon réfrigérateur avec inquiétude. Il sera quasi vide, et j'ai faim, un véritable problème ! Après une rapide préparation psychologique, j'ouvre la porte. J'ai de quoi faire une mayonnaise au râpé ou des cornichons à la crème. La perspective de l'un ou l'autre de ces mets ne m'enchante guère. Je vais commander quelque chose. Ça sera indien. Agneau tikka masala, riz et nan fromage. Je crois que je pourrais monter un collectif de soutien au nan fromage. Ça fait partie des choses les plus dingues que les Indiens ont inventées. Et Dieu sait qu'ils en ont inventé des choses. C'est une crêpe avec de la Vache qui Rigole dedans, oui, sur le papier il n'y a pas de quoi en faire un fromage. Mais l'idée est d'une efficacité remarquable. C'est brillant. Il va falloir patienter avant de pouvoir déguster cette merveille. Je vais sur Attrape Un Garçon en attendant. Madame Bulle est en ligne, timing parfait.

Message de Scodineri : Je viens d'assister à la démonstration d'un des problèmes mathématiques les plus complexes au monde et tout ce qui m'habite au moment où j'écris ces mots, c'est un nan fromage. Il y a des mystères qu'on n'est pas près de percer dans la nature humaine, moi je te le dis. Je suis actuaire pour une compagnie d'assurance. Peut-être qu'une belle brune pourrait me convaincre d'acheter un petit bolide, mais une jolie blonde, peu probable. De toute façon, les « petits bolides » ce n'est pas ce qui me fait vibrer. Il faudra que tu trouves autre chose.

Je me sers un verre d'eau. L'occasion de vider la bouteille. Donc de la mettre dans le « sac à plastiques ». Qui déborde. Mais là j'ai vraiment la flemme d'y aller. En plus, il faut être pragmatique. C'est beaucoup plus intelligent de profiter de sortir pour descendre aux poubelles. Ça serait une perte de temps de bouger **uniquement** pour ça.

Message de Madame Bulle : Je trouve qu'il y a beaucoup trop de maths dans ton dernier message.

Nous ne sommes pas restés en très bon terme. Je préfère éviter le sujet si tu veux bien, traumatisme des nombres. Une brune ? Quelle drôle d'idée... Aucun intérêt ces nanas ! Je suis d'humeur joueuse en plus, ne me cherche pas trop, tu risquerais de ne pas t'en remettre.

Message de Scodineri : Voilà ce que je te propose, tu prends une feuille, tu fais 3 colonnes. Dans la première tu notes quelque chose sur toi d'un peu insolite. Dans la seconde tu inscris quelque chose sur toi qui te met en avant, une qualité, quelque chose qui soit à ton avantage. Dans la dernière, un mensonge. Voyons jusqu'où tu es prête à jouer...

Message de Madame Bulle : D'accord mais pour quoi faire ?

Message de Scodineri : Pour apprendre à se connaître, pour apprendre à parler de soi, pour faire différemment. Je fais la même chose. Laissons-nous quinze minutes. À la fin, tu pioches un élément de chaque colonne. Tu vas donc me proposer trois affirmations, à moi de trouver ce qui est faux. Si c'est le cas, je marque un point, sinon c'est toi.

*Une fois fini, on fait les comptes. Et c'est normale-
ment moi qui gagne.*

*Message de Madame Bulle : Je ne sais pas ce
que « perdre » veut dire. Je ne t'ai jamais dit ?*

Ça sonne à la porte. La soirée s'annonce de qualité.

J'arrive devant l'hôpital. Je cherche de quoi m'orienter. Étage 4, salle d'attente. C'est là que je dois aller. Depuis que je suis parti de chez moi, je ne pense qu'à ça. Je suis dans un état second. Fatigué, la boule au ventre mais maintenu par l'adrénaline. C'est la lumière du téléphone qui m'a réveillé. Je me suis rendormi assez vite, mais une nouvelle fois, elle m'a extirpé du sommeil. En principe, je ne fais jamais attention, ce sont souvent des notifications de diverses applications sans intérêt. Mais cette fois-ci j'ai attrapé mon téléphone. Je ne sais pas pourquoi. Elle a appelé à sept reprises sans laisser de message vocal. Le temps de réaliser, elle a envoyé un SMS.

Rappelle-moi dès que possible. Grave.

Je l'ai fait immédiatement. L'unique chose que j'ai compris c'est qu'elle était ici, toute seule, étage 4, dans la salle d'attente et que c'était son frère. Elle pleurait, et ses mots étaient brouillons. Je n'ai pas beaucoup réfléchi, j'ai sauté de mon lit, attrapé les premiers vêtements qui traînaient, récupéré les clefs de la voiture et j'ai roulé jusqu'ici. L'ascenseur s'arrête au niveau du 4e étage. Tout est calme. Froid. Les lumières fortes agressent mes yeux encore pleins de sommeil. J'ai devant moi un long couloir jalonné de portes jaunes positionnées à intervalles réguliers. Elles se font face. Sur la gauche, je devine un petit bureau, vide. À droite, une signalétique annonce le service réanimation. Je crois que c'est ici. Je m'engouffre, au pas de course. La chaleur est étouffante. Soudain, je l'aperçois à travers une porte battante en train de se fermer. Assise. Seule. Je passe les portes en les ouvrant d'un coup de genou. Elle est recroquevillée. La tête dans les mains. Son sac est posé au sol devant elle. Beaucoup de ses affaires sont éparpillées par terre.

- Je suis là.

Elle se tourne vers moi. Elle a les yeux rouges, les traits tirés. Je ne me souviens pas avoir déjà vu Lucie dans cet état. Elle se redresse difficilement. J'ai juste le temps de la rattraper avant qu'elle ne chute.

- Je suis là. Tu n'es plus toute seule. Tu as des nouvelles ?

Je la relève.

- Oui. Enfin non. Il est au bloc. Le pronostic vital est fortement engagé.
- Qu'est-ce qu'il s'est passé ?
- Accident de voiture. Il rentrait d'une soirée visiblement. Je n'en sais pas plus.
- Tu as eu tes parents ?
- Non, ils ne répondent pas. Romain non plus.
- Assieds-toi, viens.

Je m'assieds à côté d'elle, elle s'allonge et pose sa tête sur mes jambes. Je sens que ses larmes coulent sans discontinuer. Je regarde au-dessus des portes, l'horloge annonce 4 h 21. Après quelques instants, j'entends quelqu'un arriver sur la droite. Non, en fait, ils sont deux. Je jette un œil. Des blouses blanches. Ils fixent leurs pieds, la démarche est hésitante. J'ai attrapé la main de Lucie comme jamais auparavant.

Je vais avoir 32 ans, je ne suis pas prêt pour ça. Je
ne suis pas prêt pour affronter la mort. C'est la première fois que j'y suis confronté. Mes grands-parents
sont décédés avant ma naissance, mes parents sont toujours de ce monde et je n'ai jamais perdu d'amis ou de
gens proches de moi. Quel que soit l'âge qu'on a, on
n'est pas préparé à ça. On le prend quand ça arrive, on
fait avec, on gère au mieux. On improvise. Certains di-
raient qu'improviser, c'est le principe même de la vie.
Je n'imaginais pas que c'était autant le cas avec la mort.
Les médecins sont arrivés, nous ont emmenés dans un
bureau et nous ont expliqué que c'était terminé. Le
frère de Lucie était décédé. Je ne me souviens pas de
grand-chose, j'étais focalisé sur Lucie. J'avais envie de
jouer mon rôle, celui d'un véritable ami. J'avais envie
d'être là pour elle. Je voulais qu'elle puisse s'appuyer
sur moi sans avoir peur de lâcher prise. J'aurais préféré
incarner ce rôle dans des circonstances différentes mais
on ne choisit pas toujours. À l'issue de notre entretien,
les médecins ont dit que si elle le désirait, Lucie pouvait
voir son frère. Elle n'a pas hésité une seconde et a sou-

haité le rejoindre. Elle s'est tournée vers moi. M'a demandé de « ne pas la laisser toute seule ». Pendant qu'on attendait de pouvoir le voir, on s'est assis tous les deux à l'écart. Nous n'avons pas échangé de mots pendant un long moment. Je n'étais pas à l'aise avec l'idée de voir son frère. Un instant aussi intime que de dire au revoir à un membre de sa famille ne se partage pas. Pourtant, elle a insisté. Il fallait que je fasse face. Nous nous sommes alors retrouvés dans cette chambre. Tous les trois. Je me sentais comme un intrus, étriqué entre ces murs. Pas du tout à ma place. Lucie s'est tout de suite rapprochée de lui, elle s'est assise sur une chaise à ses côtés. Elle a commencé à lui parler. Dans un réflexe, je me suis écarté de quelques pas. Je ne voulais pas entendre les mots qui allaient sortir de sa bouche. Elle lui a pris la main. Ce qui s'est dit à cet instant restera sans doute gravé en elle. Après quelques minutes, elle m'a regardé et m'a tendu son autre main. Je me suis approché. « Merci… Il a l'air serein tu ne trouves pas ? ». J'ai compris en entendant ces mots que le chagrin avait, pendant quelques instants, fait place à l'apaisement. Il semblait en paix, c'est vrai, comme dans un sommeil profond et réparateur. Elle pleurait mais les larmes n'étaient plus les mêmes, c'était de l'amour désormais. Voilà ce qu'a été ma première confrontation avec la mort.

Aujourd'hui, c'est l'enterrement. Je suis devant l'église, j'attends Romain pour rentrer. J'aperçois au loin Lucie et ses parents avec des gens que je ne connais pas. Chacun entre à son tour dans l'église après avoir dit un mot à la famille.

- Salut Léo, t'es prêt ?
- Absolument pas. Et toi ?
- Pas mieux.

Un court silence s'installe.

- Allons-y.

Après avoir adressé nos condoléances, nous sommes rentrés dans l'église. Nous nous sommes assis sur des bancs à droite. Un énorme portrait orne le cercueil au milieu d'une quantité astronomique de fleurs blanches. Fort à parier que la photo a été prise par Lucie, on reconnaît son regard. Il y a peu de personnes.

La famille a voulu quelque chose d'intimiste. Lucie a pourtant insisté pour que Romain et moi soyons présents. Tout le monde se lève et la cérémonie débute par une prise de parole du prêtre. « Nous sommes tous réunis ici pour dire un dernier au revoir à un jeune homme qui nous a quittés bien trop tôt ». Les différentes lectures s'enchaînent, puis quelques chants. Il demande si la famille souhaite dire un mot. Lucie se manifeste. Étonnant. Elle se lève, s'approche du pupitre et prend la parole.

« Jérémie. Ce n'est pas vraiment ce qu'on avait prévu, tu ne crois pas ? ». Elle marque un temps d'arrêt en regardant le cercueil puis reprend. « Parce qu'avec Jérémie, on prévoyait toujours les choses. Non pas qu'on ne laissait pas de place au hasard ou quoi que ce soit de ce genre, mais on se donnait des repères, des objectifs, de l'ambition. » Elle baisse les yeux, rattrapée par l'émotion. « Me faire prononcer ces quelques mots, ici même, n'était rien de tout ça. On ne se parlait pas beaucoup. C'était comme ça. Mais on se disait tout. On se disait tout sans avoir à se parler. Un regard, un geste, un sourire et on savait. Je crois que s'il y a bien une chose qui va, dorénavant, me manquer plus que tout, c'est ça. » Elle essuie une larme avec sa main puis regarde vers le centre de l'allée. « Même si ça sera différent, j'aurai toujours besoin de toi. J'aurai toujours besoin de te savoir derrière moi. Je promets d'être à la hauteur et de faire de mon mieux, bien que, sans toi, ça sera moins évident. Mais pas impossible. » Elle s'adresse à l'assemblée. « Merci à tous d'être ici, avec nous, de nous accompagner, de l'accompagner lui. Vous êtes tous ici pour Jérémie, pour mes parents et pour moi. Vous êtes tous ici parce que nous avions besoin de vous avoir avec nous, autour de Jérémie. Merci de votre présence qui nous apporte le réconfort qui nous donne la force de lui dire au revoir. Sois en paix Jérémie, continue ailleurs tout ce que tu as commencé ici. C'est toi qui disais qu'il fallait toujours aller jusqu'au bout. Ne nous oublie pas. Sois sûr que nous ne t'oublierons jamais. On t'aime. Je t'aime. »

Elle reprend sa place, à côté de ses parents. Sa mère lui fait une caresse sur la joue, un geste plein d'affection. La cérémonie se termine très vite, dans le calme et avec beaucoup d'émotions. Chacun dit au revoir à

Jérémie et nous sortons de l'église pour rejoindre le cimetière, à deux pas. Tout le monde se réunit autour du cercueil. Quelques mots sont prononcés, puis il est descendu dans son dernier lieu de repos. À tour de rôle, chacun jette une ultime parole sur le cercueil et se dirige vers sa voiture. Une petite réception est prévue après. Avec Romain, nous restons un peu à l'écart, laissant les proches de Jérémie avec lui. Lucie finit par se retrouver toute seule face à la tombe. Romain me fait alors un signe. Nous nous approchons d'elle petit à petit, jusqu'à être à ses côtés.

- Lucie, toutes mes condoléances. Je m'en veux de ne pas avoir été présent à l'hôpital cette nuit-là. Je suis vraiment désolé pour ça. Vraiment.
- Arrête ça, ce qui importe c'est que tu sois là aujourd'hui. Que **vous** soyez là.

Elle prend la main de Romain puis la mienne.

- Vous le connaissiez mal. Mais vous savez qu'il comptait pour moi.

Elle se retourne et avance sans nous lâcher. On remonte tous les trois le cimetière jusqu'à l'entrée. Mains dans les mains. Une fois devant les voitures, elle s'adresse à Romain.

- Tu ne peux vraiment pas rester alors ?
- Non, je suis désolé, je n'ai pas pu me libérer davantage. Mais je t'appelle très vite.
- Merci Romain.

Elle lui fait un bisou appuyé sur la joue avant de l'enlacer. Romain me fait un signe et monte dans sa voiture. Lucie se retourne vers moi.

- Tu peux me prendre avec toi en voiture ?
- Bien sûr.

On roule jusqu'à chez ses parents. Elle pianote sur son téléphone.

- Gare-toi dans l'allée.
- Tu ne crois pas que je vais gêner ?
- On s'en fout. Viens.

Lucie salue tout le monde et fait le tour des invités. Après avoir échangé quelques mots avec ses grands-parents et ses cousins, je m'isole dans un coin. Un verre à la main. C'est agréable de se mettre un peu au calme. Mon téléphone est posé sur la table. Le père de Lucie vient s'asseoir avec moi. On discute. Il semble marqué par la journée.

- Tu savais que Lucie allait dire un mot ?
- Pas du tout. J'ai été très surpris.
- J'ai beaucoup aimé ce qu'elle a dit. Il y avait beaucoup de Jérémie dans ses mots.
- Elle a été épatante.
- Merci d'avoir été là pour elle à l'hôpital. Elle nous a raconté.
- C'est normal, elle aurait fait pareil pour Romain ou moi.
- Ça n'enlève pas que nous te devons beaucoup. Elle t'aime bien Lucie. Elle nous parle souvent de Romain et toi.
- En bien j'espère ?
- À quelques exceptions près, oui.

- Quelques exceptions ?
- Je te taquine Léo. Bien sûr en bien. À croire que vous êtes deux garçons irréprochables !
- On l'est.
- Preuve en est, dit-il en souriant.
- Je te laisse, mes parents s'en vont, je vais leur dire au revoir.
- Je vous en prie.

Au fur et à mesure, la salle à manger se vide. Malgré tout, l'ambiance est chaleureuse. La réception redonne le sourire à tout le monde. Même Lucie reprend des couleurs petit à petit. Il m'a semblé entendre son rire à plusieurs reprises. En parlant du loup...

- Tu dors ?
- Pas du tout ! J'ai la tête de quelqu'un qui dort ?
- Tu as la tête de celui qui a parlé de moi avec mon père !
- Même pas...
- Menteur, je vous ai vus ! Vous me regardiez... Qu'est-ce que vous vous êtes dit ?

- Que ton petit discours tout à l'heure était sur-
  prenant.
- Arrête… Je voulais dire un mot, j'ai écrit et réé-
  crit mille fois ce discours. Finalement, j'ai tout
  jeté et ai complètement improvisé. Ça devait se
  voir.
- Pas le moins du monde.
- Parfois, tu n'es pas crédible Léo !
- Je mens si mal ?
- Salopard ! Qui est Madame Bulle, rétorque-t-
  elle avec malice en regardant mon téléphone qui
  vient de s'allumer.
- Personne.
- Léo… je veux tout savoir.
- Tu crois que c'est vraiment le moment ?
- Ça fait une semaine que j'entends parler de cer-
  cueil, de cérémonie religieuse, de testament et
  que je discute avec des gens habillés en noir. Ça
  n'a jamais été autant le moment.

Alors je lui ai raconté. Je lui ai dit. Que ça faisait
quelques soirs qu'on papotait. Que ce n'était pas très

sérieux mais que ça m'amusait. Je lui ai montré notre jeu des affirmations fausses. J'ai pu lui faire un portrait détaillé. Celia, 34 ans. Elle travaille chez Porsche, elle est commerciale. Une grande séductrice qui n'a pas froid aux yeux. Elle a grandi dans une famille catholique assez pratiquante. Depuis l'adolescence, c'est un peu conflictuel pour pas mal de raison, notamment sa bisexualité. Elle a eu une relation qui a duré 8 ans. Depuis elle ne compte que des histoires sans lendemain. Elle présente vraiment plusieurs facettes. On dirait qu'il y a la Celia qu'elle veut qu'on voit et celle qu'elle est. Très intelligente. Complètement paradoxale. Lucie m'a regardé tout au long de mon monologue en me dévisageant littéralement.

- Quoi ?
- Euh.. Rien.
- Bah si. Dis-moi.
- Tu fais le portrait de tout le monde comme ça après avoir échangé quelques mots ?
- C'est ce que je pense, ça n'en fait pas une vérité !
- Oui mais tout de même ! Et puis…

- Et puis quoi ? Crache le morceau ! T'es jalouse ?
- Disons que vu comment tu la décris, j'ai du mal à imaginer que ça pourra te convenir. En tout cas au regard de ce que tu dis chercher. Et puis elle est où ta place à toi dans sa bisexualité ? Elle a été en couple avec des nanas ? Sa longue histoire c'était avec une nana ?

Lucie paraît très perplexe.

- Oui, c'est sûr que ça ne me ressemble pas trop. C'est pour ça que ça m'amuse plus qu'autre chose, ce n'est pas très sérieux. Ce n'est pas mon genre ! Sa longue histoire c'était avec un mec je crois. Elle dit qu'elle voit une vie de couple avec un homme seulement. Les nanas, c'est pour « s'amuser ».
- Oui. Un peu bizarre ta Celia...
- Détends-toi, je ne vais pas la demander en mariage !
- J'espère bien. Vivement que tu nous présentes quelqu'un.
- Pas besoin, je t'ai toi.

Elle me regarde avec un sourire jusqu'aux oreilles.

- Oui mais moi je ne suis pas bisexuelle.
- Ah oui effectivement, je ne fréquente que des bisexuelles.

Elle s'est mise à rire. Et moi aussi. La soirée s'est terminée dans une ambiance bonne enfant et revigorante. Je me suis néanmoins assez vite échappé pour laisser la famille entre elle. La journée a été suffisamment riche en émotion, il est temps pour moi de retrouver mon cher canapé d'angle.

Chapitre 4

Perhaps

Je sors du RER B au niveau du Jardin du Luxembourg. C'est une magnifique soirée qui s'annonce. En haut des escaliers, je poursuis devant moi, légèrement sur la gauche. À droite, j'aperçois le Panthéon qui impose sa beauté. De l'autre côté, c'est le jardin. À travers la grille noire, je distingue des joggeurs. Comme à chaque fois, on discerne très bien les débutants des coureurs expérimentés. C'est pour eux que j'ai le plus d'admiration. Ce sont ceux qui m'impressionnent le plus. Ils sont sans doute les plus courageux. Un peu plus loin, on distingue les enfants qui profitent de l'air libre. Là encore, on aperçoit des contrastes saisissants. Il y a ceux qui agrippent, d'une main très ferme, la poussette. Les « pas téméraires ». Les grands peureux, vous les voyez vous aussi ? Ceux qui ne lâchent jamais la poussette et dont les mamans râlent toujours « allez lâche cette poussette et va jouer avec les autres ». Le genre d'enfants qu'il faudra pousser à prendre des risques. Ceux qui réfléchissent avant d'agir, souvent beaucoup trop. Et puis il y a la catégorie opposée. Ceux qui courent partout. Qui salissent leurs jeans, que maman n'arrivera jamais à récupérer et dont ils entendront parler toute leur vie. Ceux à qui il faut répéter sans cesse, « ne t'éloigne pas, je dois pouvoir te voir, c'est compris ? ». C'est dans cette catégorie qu'on trouvera plus tard les têtes brûlées. Ceux qui agissent avant de réfléchir, les ennemis jurés de l'équipe qui réfléchit avant d'agir. J'aime l'effervescence qui se dégage de cet endroit. Un peu plus loin sur ma route, toujours sur la gauche, il y a les photos. Ces grandes photos qu'on regarde tout en marchant sans prendre vraiment le temps de les observer. On sait qu'elles sont là, qu'à tout moment on peut s'arrêter pour les apprécier, mais on trouve toujours une excuse pour ne pas le faire. Je me dirige à droite et traverse pour rejoindre la rue

Monsieur Le Prince. Ce soir, je vais chez l'ophtalmologue. Ça fait presque trente ans que j'arpente ce même chemin pour aller me faire examiner. J'ai atterri ici pour la première fois au cours de ma troisième année. Oui, ça remonte. C'est le pédiatre qui a envoyé ma mère. Il avait fait ses études avec mon futur ophtalmologue et avait vanté sa compétence et son savoir-faire avec les petits. Ma mère avait suivi ses conseils. La rue Monsieur Le Prince est une énigme. À sens unique, elle ne compte que des restaurants et des boutiques atypiques. Très étroite, on navigue toujours entre le trottoir et la route. Comme s'il était impossible de trouver sa place. Rester sur le trottoir demanderait un jeu d'équilibriste qui serait trop éprouvant. A contrario, impensable de continuer sur la chaussée dès qu'une voiture passe. Alors il faut chercher un compromis entre les deux, un subtil exercice de vases communicants. Je vais au numéro 12, à l'autre bout. Petit, je venais ici le mercredi. J'avais droit à un mot rédigé dans mon carnet de correspondance par ma mère. « Veuillez excuser l'absence de mon fils pour raison médicale ». Venir à ce moment là de la semaine permettait de ne pas me faire rater trop l'école. C'était déjà assez compliqué de manquer une demi-journée, alors une journée entière, impensable. On ne rigolait pas avec ça. Souvent après la consultation on allait manger dans un fast-food rue Saint-Michel. C'était une sorte de petit rituel. L'ambiance de l'université toute proche se fait sentir. Les librairies affichent en bonne place les manuels de toutes les spécialités de médecine. Les terrasses de café sont remplies d'étudiants. Des étudiants âgés. On devine que pour beaucoup ils approchent de la dizaine d'années post bac. Plus je m'enfonce dans cette rue, plus l'effervescence du jardin du Luxembourg s'efface. J'arrive rapidement devant le 12. La façade n'a jamais changé. Elle est la même que dans mes souvenirs les plus anciens. Je fixe un instant la porte avec la poignée argentée. Cette poignée fine que j'ai vue d'abord par le bas, puis de face et enfin de haut, en trente ans d'intervalle. L'entrée, tout comme les vitres, présente des grosses mosaïques carrées qui floutent l'intérieur du cabinet médical. Au-dessus de la porte, le 12, en blanc sur fond bleu. J'imagine qu'un ou plusieurs coups de peinture ont été donnés, mais bizarrement on dirait que cette couleur jaune qui habille l'immeuble n'a jamais changé. Je pose ma main sur la poignée pour actionner le mécanisme qui permet son ouverture. Je descends la petite marche qui se trouve juste derrière. Sur la gauche, le secrétariat. Le cabinet compte plusieurs praticiens. Nous sommes un jeudi, il est 19 h, la secrétaire n'est pas là. La salle d'attente est devant moi. Au mur, les mêmes affiches. Pour des associations, des actions de prévention. Dans l'angle, des dessins d'enfants amènent de la gaieté et de la couleur. Ceux-là ont dû changer avec le temps. Mais il y en a toujours eu à cet endroit. Une façon de rassurer les plus jeunes patients. Et leurs parents, sans nul doute. Au sol, dans l'angle de la pièce, des jouets, correctement organisés. À croire que depuis le départ de la secrétaire, aucun enfant n'a attendu dans la salle. À moins qu'ils soient de vrais petits anges qui rangent tout ce qu'ils utilisent. Vous savez ce sont, en général, les mêmes qui restent accrochés à la poussette au jardin du Luxembourg. Au centre de la pièce, la table basse. Noire. Identique à celle que j'ai toujours vue ici. Dessus des tas de magazines, pour tous les goûts. People, actualités, sciences, jeunesse. Chacun y trouvera son bonheur. À l'heure des smartphones, je ne sais pas si beaucoup de gens lisent encore des journaux chez le médecin. Je m'installe sur une chaise dans la rangée qui est en face de la porte d'entrée. C'est calme. Absolument aucun bruit. J'espère que mon rendez-vous n'est pas annulé, je n'ai pas appelé pour le confirmer et il a été pris il y a maintenant 8 mois. Oui, 8 mois. La moyenne pour un ophtalmologue en plein Paris. Je me retrouve face à la porte et aperçois des formes passer derrière les mosaïques. Parfois, certaines sont tellement floues qu'il est impossible de savoir qui marche dans la rue. Un homme ? Une femme ? Une personne ? Plusieurs ? Sur la droite, je reconnais l'escalier qui permet l'accès aux cabinets des praticiens du premier étage. Je me souviens être monté une fois pour consulter un confrère de mon ophtalmologue. Je ne me rappelle plus exactement pourquoi. Derrière le secrétariat, les grandes armoires sont toujours là. Une des portes n'est pas fermée. Un trésor de guerre. Le dossier médical de tous les patients. Tout est consigné sur des fiches bristol à petits carreaux. Des années de suivi. Je me souviens du bruit du bracelet de mon ophtalmologue qui frotte contre ces fiches lorsqu'il écrit dessus. J'entends des pas émanant du couloir derrière moi. C'est lui, je reconnais sa démarche. Calme, posée, rassurante. Il se rapproche, me salue.

- Bonsoir Monsieur. Vous êtes ?
- Bonsoir. Je suis Monsieur Boyer.
- Monsieur Boyer, oui, je vous attendais, on y va !

Je me lève et lui serre la main. Il est habillé comme dans mes souvenirs. Cet homme est une constante invariable du temps. Certes, il vieillit et prend du ventre, mais dans le fond il ne change pas. Ses lunettes rectangulaires, posées sur le bout de son nez, tout au bout. Ses costumes d'une autre époque. Des couleurs absolument introuvables aujourd'hui, et que, lui seul, sait marier. J'aperçois son bracelet en lui serrant la main. Le même regard qui ne laisse transparaître aucune émotion. Le haut du crâne dégarni. Les cheveux qui lui restent sont grisonnants. Il me fait signe de m'engager dans le couloir. « Tout au fond à droite, attention à la marche ». Je m'exécute et pénètre dans son cabinet. Un lieu feutré où aucun son ne sort ni ne rentre. Toujours immergé dans la pénombre. Tout de suite à gauche, son bureau. Différents tas de papiers lui servent de sous-main et de barrière. Impossible de voir ce qu'il écrit. Face à moi, les traditionnels pots à crayons en bois qui ne contiennent qu'un seul stylo. Le stylo qui complète les chèques. Il me rejoint, ferme la porte et s'installe. Il consulte des fiches tenues par un bout de scotch à l'angle. Il reprend connaissance de mon dossier. Me demande mon âge et si tout va bien. « Oui tout va bien ». Il me fait signe de rejoindre la zone de consultation. Je m'assois dans le fauteuil. Le même fauteuil en cuir surélevé. Celui-là, je vous l'assure, n'a pas bougé d'un iota depuis trente ans. Je me souviens y avoir posé mes fesses alors que mes chaussures ne dépassaient même pas le rebord de l'assise. Je me souviens de ma mère qui restait sur le deuxième siège du bureau à m'observer faire les exercices et lire ce que le docteur me demandait. Je me retrouve sur ce fauteuil à réciter encore une fois la même série de lettres que je connais par cœur. Mais je joue le jeu, je ne triche pas, il s'agit ici d'être loyal. Sur ma gauche ses différents instruments. Ils se succèdent lorsqu'il fait tourner la table sur laquelle ils sont tous posés. Je revois à ce moment les formes floues enfermées dans ces appareils. Je me souviens du lapin qui était hors de la cage et qu'il fallait remettre à l'intérieur en « forçant sur les yeux ». Je me souviens de ces petites boules au bout de longues tiges qu'il fallait fixer, un œil obstrué par un cache que le médecin amenait successivement devant un de mes deux yeux. J'ai 32 ans et je réalise que cette visite chez mon ophtalmologue est un des marqueurs de ma vie.

Je sors de réunion après 3 h. Autrement dit, je reprends goût à la vie. Ça ne devrait pas exister des matinées pareil un vendredi. Mais on a été productif. Beaucoup de mes collègues ont un cursus mathématique, à part de rares spécimens. J'ai raconté l'épisode de Marc. Tout le monde attend de savoir si la démonstration qu'il a faite de la conjecture est bonne. Je ne peux évidemment pas répondre. Déjà parce que je n'ai pas les compétences pour ça et puis j'ai dû la voir peut-être deux minutes. Ce midi, je vais aller me balader. Il fait un soleil radieux, j'ai envie de mettre le nez dehors un peu. Je descends par l'ascenseur jusqu'à l'accueil. Martine est à son poste, tout sourire. Je lui jette un regard complice. Je vais aller me chercher un sandwich à la boulangerie à l'angle de la rue. C'est toujours bondé à cette heure-ci. Ça sera l'occasion pour moi de prendre des nouvelles de Marc. Je m'insère dans la file d'attente qui dépasse à l'extérieur.

Hello Marc ! Alors bien remis de la dernière fois ? Tu sais que tu es un grand malade ? En tout cas, j'ai vraiment apprécié d'avoir pu assister à ça.

Je jette un œil dans la vitrine, ça sera un thon-crudités. Léger et frais, un régal. Mon téléphone sonne, c'est lui.

- Marc, salut !
- Bonjour Léo, comment vas-tu ?
- Parfaitement bien et toi alors ?
- Très bien aussi, je te remercie, je souffle un peu, c'est plus calme.
- Oui, j'imagine bien. Tu m'as scotché ! Tu avais ça en tête depuis longtemps ?
- Comme j'ai dit pendant la présentation, j'ai vite compris que l'utilisation de la conjecture pourrait amener des résultats super intéressants.
- Sauf que la conjecture, elle n'est pas valable, car pas démontrée !
- Exactement, c'est pour ça que très tôt je me suis plongé dans cette folie. Disons que je suis dessus depuis 1 an et demi.
- Et ton directeur de thèse n'a rien vu ?

- Non je voulais garder ça pour moi tu vois… Une sorte de challenge personnel. Bien sûr, j'ai consulté beaucoup de travaux et de documentations scientifiques, mais je n'en ai jamais parlé à personne.
- Un vrai fou… Et la suite alors, c'est quoi ?
- J'ai rassemblé la démonstration et tout ce qui s'en approche. Mon directeur de thèse et certains de ses amis de confiance vont éplucher tout ça. Si mon travail passe cette étape, il faudra rendre publics mes résultats et laisser la communauté scientifique s'en emparer. Après je ne suis plus maître de rien.
- Tu dois être un peu angoissé par la perspective de tout ça non ?

J'écarte le micro du téléphone de ma bouche

- Un thon-crudité s'il vous plaît

Je remets le téléphone en place.

- Disons que maintenant, il faut attendre. Ce n'est plus entre mes mains. Je suis plus excité qu'angoissé.
- Je compte sur toi pour me tenir au courant en tout cas !
- Je n'y manquerai pas. Et toi alors ? Le boulot ?
- Écoute tout va, toujours un peu pareil.
- Et le perso ?
- La même chose, un peu pareil
- C'est très « un peu pareil » dis-moi.
- Oui je sais, mais j'y travaille !
- Hâte de voir le résultat… Il faut que je te laisse, on m'attend. Merci de ton petit mot, ça m'a fait plaisir.
- Merci à toi et n'oublie pas, je ne veux rien rater de la suite !

Je raccroche. Entre temps, je suis sorti de la boulangerie. J'ai même payé, il me semble. Personne ne me court après ou ne crie derrière moi, ça doit donc être le cas. Tellement absorbé par la conversation que je ne me souviens plus de ce que j'ai fait. Je suis assis à l'ombre, sur un banc, dans un square. C'est tranquille. Un bonheur de mettre le nez dehors et de profiter de ce temps. J'avale les premières bouchées de mon sandwich. Mon déjeuner dans une main et mon téléphone dans l'autre.

Message de Scodineri : Hello miss Bulle. Je n'ai pas été très bavard ces derniers temps, une longue histoire. Ma meilleure amie a enterré son frère après un accident de voiture. Pas simple. Tout va de ton côté ? Tu as fait ta liste de « pour » et « contre » pour ton hypothétique départ en Suisse ?

C'est vrai que depuis la nuit du décès de Jérémie, je n'ai pas été très actif. Je pense que de toute façon, Celia, notre Madame Bulle, s'en moque un peu. Elle a dû parler avec beaucoup d'autres profils. Je balaye la liste des photos des membres de Attrape Un Garçon qui sont en ligne. J'ai souvent la sensation de voir les mêmes têtes. Ce n'est pas très motivant. Ah tiens ! Voilà une jolie photo. La description est remplie. Les photos me plaisent. On dirait un shooting fait par un professionnel. Mais en même temps, il y a un côté naturel, au sens de non artificiel qui m'attire. Perhaps. 35 ans. Chercheuse (wouah là elle marque des points). Elle a l'air d'aimer l'art à en juger par les références qu'on lit sur son profil. Vendu, j'envoie un coup de foudre. Le sandwich n'a pas fait long feu. Je meurs d'envie de prendre un café en terrasse. Je me lève et sors du square. J'aperçois un troquet à deux pas, je m'installe et commande. L'avantage de Paris c'est qu'on n'a jamais très longtemps à marcher pour trouver un café. Mon téléphone vibre.

Perhaps attend votre premier mot !

Je ne perds pas de temps. Elle doit être en pause déjeuner.

Message de Scodineri : Je me suis dit que je ne risquais pas grand-chose avec quelqu'un qui revendique aimer Radiohead. Si, en plus, tu es en train de boire ton café, il est possible qu'on ait des choses à se raconter !

Message de Perhaps : Je vois que les critères sont exigeants ! Oui, je suis en ce moment même devant mon café. Petit rituel incontournable pour moi. Comme prendre un verre le vendredi soir, tu en es ?

J'ai failli m'étouffer avec mon café ! Ça, c'est du rendez-vous ultra rapide ! Voyez-vous c'est typiquement le genre de chose que je ne fais jamais, accepter une rencontre comme ça à la volée. Est-ce que c'est une bonne stratégie ? Aucune idée, mais en tout cas la recette que j'utilise jusqu'à maintenant n'est pas un succès non plus. Je crois que c'est l'opportunité d'essayer quelque chose d'autre.

Message de Scodineri : Dans ce cas, je te laisse un prénom et un numéro, ça peut servir. Léo - 0712345

Je n'ai pas vu l'heure, mince je suis en retard !

Vous pensez vraiment que j'ai été productif pendant l'après-midi ? J'ai attendu le texto oui. Qui est arrivé, vers 16 h 30. Elle m'a donné rendez-vous pas très loin de Beaubourg. C'est drôle, l'endroit doit concentrer des énergies positives pour moi ! 20 h, rue Quincampoix. Il est 19 h 56 et je suis à dix mètres du lieu de l'entrevue. Est-ce qu'elle sera du genre en retard ? Est-ce qu'elle sera du genre à être en avance pour anticiper mon arrivée ? Aucune idée. Je parcours les derniers mètres en dévisageant chaque passant du regard. Au détour d'un mouvement de tête, je la vois, les yeux plongés dans son téléphone. Je pense que c'est elle. Elle est assez grande, un mètre soixante-quinze. Elle porte une robe noire qui dégage ses épaules et descend jusqu'aux genoux. Blonde, le contraste avec sa robe est saisissant. Elle attend devant le café, son sac à main tenu par l'anse qui est dans le creux de son bras droit. Elle est mince, ce qui l'agrandit encore. Sur les photos, elle paraissait beaucoup plus forte que cela. Elles doivent dater un peu. Je profite de ce moment où elle ne me voit pas pour l'observer. Elle demeure imperturbable. Malgré tous les passants, la circulation, l'animation de la terrasse de café, elle reste dans sa bulle. Elle jette de discrets regards autour d'elle, mais elle ne me reconnaît pas. Elle a les yeux marron, les traits de son visage sont harmonieux. Bref, c'est une très jolie femme. De peur d'être repéré dans mon observation clandestine, je m'approche d'elle pour lui faire part de ma présence.

- Sauf erreur monumentale, tu dois être Daphné !
- J'attends un Léo.
- Enchanté !
- Bonsoir Léo. Fumeur ?
- Pas du tout.
- Terrasse ?
- Obligatoire
- Tu as tout bon !

On s'est installé et on a discuté. D'un peu tout, d'un peu rien. Je ne sais plus trop ce qu'on s'est dit. On a fait connaissance, les questions habituelles qu'on se serait posées par écrit ont été abordées. Je n'appréhendais pas les blancs dans notre conversation. Même si je n'avais pas de bouée de sauvetage, ne sachant rien d'elle, j'avais confiance en nous pour papoter. Ce que je craignais en revanche, c'était la discussion impersonnelle. Elle n'a pas eu lieu. Je crois que, l'un et l'autre, bien que nous soyons restés derrière nos carapaces respectives, avons fait preuve de beaucoup de malice et de jeu de séduction. Elle dégage une telle bonne humeur, un tel optimisme. Elle a les yeux qui sourient à chaque fin de phrase. C'est le genre de détails qui me fait complètement craquer. On dit qu'il suffit de trente secondes pour savoir. Il m'a fallu exactement trente secondes pour savoir que Daphné bousculerait beaucoup de choses.

Chapitre 5

Le tremplin

Message de Madame Bulle : T'en fais pas pour ça, j'ai trouvé plein de nouveaux copains en t'attendant. Pas cool ce que tu racontes. Il s'est passé quoi ?

Message de Scodineri : Un accident de voiture en rentrant de soirée. A priori, il n'avait ni alcool ni drogue dans le sang. C'est compliqué pour Lucie. Je vois que tu ne perds pas de temps !

Message de Madame Bulle : Je travaille dur ! En plus ce matin j'ai reçu un bouquet de fleurs avec juste un numéro. J'ai appelé. C'est un homme de ma salle de sport qui voulait me proposer d'aller boire un verre ! C'est pas trop bien ?

Message de Scodineri : Le top du top… :)

- Oui ?
- C'est le facteur !
- Oh non... Léo faut renouveler un peu les blagues, là ça craint !
- Tu n'y connais rien en blague... Ouvre !

Je ne suis pas venu souvent chez Lucie, en général on se voit à trois et à l'extérieur. Ça nous sort de nos quotidiens respectifs. Je monte les trois étages avant de me retrouver sur le palier. La porte est ouverte. Je toque pour m'annoncer mais je rentre sans attendre de réponse.

- J'espère que je ne dérange pas.
- Non pas du tout, c'est gentil de passer. Quelque chose de particulier t'amène ?
- Oui !
- Quoi donc ?
- Toi !
- Tu dois te tromper d'adresse alors !

Lucie sourit en disant cela. Elle continue.

- Tu veux un café ?

- Oui, je veux bien, mais assieds-toi, je me débrouille, je suis un grand garçon. Tu en veux un ?
- Oui s'il te plaît, couleur dorée, sans sucre.

Je me lève pour allumer la machine.

- Tu as du nouveau pour le Canada ?

J'insère la capsule.

- Les tasses sont dans le placard au-dessus. Non rien de spécial. Je t'avoue que ces derniers jours j'avais un peu la tête ailleurs et pas trop le temps.
- Tu as eu les conclusions des médecins ?

Le premier café coule. Lucie parle plus fort.

- Oui. Tout ce qu'on pensait se confirme. Ni alcool, ni drogue, ni rien d'anormal. Il a fait un arrêt cardiaque dans le bloc et les chirurgiens n'ont pas réussi à le réanimer. Les blessures de l'accident étaient trop importantes. Je dois passer chez lui avec mes parents pour m'occuper de son appartement et sans doute commencer à faire le tri dans ses affaires. Je ne te cache pas que j'appréhende.

- Tiens ton café.
- Merci.
- Et tes parents ?
- Mon père ça va, disons qu'il est dans la gestion de tout ce qui suit le décès. Ma mère, ça semble plus compliqué. C'est arrivé tellement brutalement...
- Et toi comment tu gères ça ?
- C'est encore un peu tôt pour « gérer » quoi que ce soit. Je prends les choses comme elles viennent, étape par étape. Dans le fond, je n'arrive pas vraiment à réaliser. J'ai son numéro dans mon téléphone et des SMS de sa part. Pour moi, il est toujours là. Je pense que, quand je commencerai à me faire à l'idée qu'il est parti, ça sera plus compliqué.
- En tout cas, si tu as besoin de quoi que ce soit, tu ne réfléchis pas une seconde, tu nous sollicites

Romain ou moi. De jour ou de nuit et pour quoi que ce soit.

- Oui je sais, merci, vous êtes au top tous les deux.
- Surtout moi, mais on ne lui dira pas !
- Et les chevilles, ça va ? Tiens en parlant de te faire redescendre sur terre, comment se porte Madame je sais plus quoi ?
- Bulle.
- Oui Madame Bulle.
- Je ne sais pas trop, c'est un peu calme.
- Ça s'est refroidi ?
- Disons que je reste à distance.
- Ce n'est pas plus mal, elle avait l'air assez singulière. Et personne d'autre que Cécile ?
- Celia.
- Celle-là même. Personne ?
- J'ai vu quelqu'un hier mais c'est tout.
- Et tu pensais pouvoir venir ici et ne pas m'en parler ? Tu pensais pouvoir passer entre les gouttes ?
- Avec toi, il faut croire que c'est mission impossible.

- Et alors ?
- Canon.
- Original comme prénom !

Je venais pour Lucie, pour voir si tout allait bien, si elle se remettait de son frère. On a passé deux heures à discuter de Daphné. Ça m'a permis de comprendre que cette rencontre m'a vraiment tapé dans l'œil. Il va falloir gérer et ne pas trop s'emballer. Il faut surtout prendre le temps de savoir qui j'ai vraiment en face de moi. Il ne faut pas voir cette Daphné comme j'ai envie qu'elle soit mais comme elle est vraiment. Mais surtout, on n'a finalement pas beaucoup parlé de son frère. Elle a l'air de s'en remettre facilement. Trop facilement… Je la connais un peu Lucie, le décès de Jérémie est typiquement le genre de chose qui aurait dû la marquer. En façade, elle semble faire comme si de rien n'était. Soit, elle ne réalise pas encore, soit, elle fait face mais dans le fond, c'est compliqué. Quelque chose me dit que c'est plutôt l'option numéro deux qui se profile. Il ne faut pas la lâcher.

Salut Romain. Je viens de passer voir Lucie. Elle a l'air de bien gérer les choses mais peut être qu'elle fait juste face en apparence et que derrière c'est compliqué. Tu l'as croisée récemment toi ?

There you ! Non je vais l'appeler. Si je lui propose qu'on mange tous les trois demain soir, tu suis ?

Oui bonne idée ! Cale tout ça avec elle et dismoi, je m'adapte. La bise.

Mon programme de ce samedi soir risque de vous faire envie : courses, machines et repassage. Je vous avais prévenu que ça vous ferait de l'effet. Allons allons, on fait tous pareil à moins de pouvoir se répartir les tâches ou d'avoir une personne à domicile. On a tous ces folles soirées endiablées au moins une fois par semaine. Les courses sont faites pour être honnête. J'ai fait un saut rapide sur le chemin du retour de chez Lucie. Il me faut maintenant lancer une lessive. Et en attendant qu'elle finisse, je vais commencer mon repassage. J'allume la machine à laver. La dose réglementaire de lessive. Un peu de Soupline. « Faut vraiment en mettre un peu, pas trop ». C'est sans doute ce que mon éducation m'a appris de plus important. Ce sur quoi ma mère a longuement insisté. Oui oui, véridique, le truc de la Soupline je l'ai entendu très souvent. Pas de panique, mon éducation ne s'est pas réduite uniquement à ça. Je charge le tambour et c'est parti pour une heure quinze. Le temps pour moi de m'attaquer à la pile de chemises. Je sors la table à repasser et l'installe. Un véritable homme moderne. Je pose mon téléphone à côté. Étonnement, je vois que j'ai reçu un message mais je n'ai rien entendu ! Le rythme effréné de ma soirée sans doute.

Bonsoir Léo ! Comment vas-tu ? J'avais prévu de faire un tour au salon de la réalité virtuelle demain. Peut-être que ça t'intéresserait ? N'hésite pas si c'est le cas. Bisou.

C'était dangereux de lire ça debout, j'aurais pu faire un malaise ! Mais tout va bien, je suis toujours conscient. Daphné qui me propose un rendez-vous ! J'étais persuadé qu'elle ne le ferait plus. Comme quoi par-fois… En revanche la réalité virtuelle… 1) Je n'y con-nais rien et 2) si on passe la journée avec des masques sur la figure, ça risque d'être compliqué pour discuter. Mais après tout le plus important, c'est d'être avec elle. Non ?

Bonsoir ! Excellente idée de balade ! Je ne suis pas très à jour sur le sujet, une occasion inespérée de combler mes lacunes ? Midi là-bas ?

Chouette ! Midi là-bas ! Profite bien de ta soi-rée.

Finalement, cette soirée tient plus que ses pro-messes.

J'ouvre les yeux. C'est calme. Il fait bon, ni trop chaud, ni trop froid. Je me sens vraiment reposé. Il n'y a pas un bruit. Bref, tout est parfait. Comme tous les matins, je fais la première chose que toute personne moderne fait : j'attrape mon téléphone. Il est 10 h 30. Effectivement, je peux me sentir requinqué… J'ai un message de Romain.

Ce soir 20 h 30, brasserie du temple. On sera 3.

Noté ! À ce soir.

Il ne faut pas que je traîne trop. Midi, c'est midi. Le temps de ranger un peu et de se préparer, le timing ne laissera que peu de marge de manœuvre. Je prends tout de même un moment pour rester sous la couette. Je lis les actualités, un tour sur les réseaux sociaux. Un passage sur Attrape Un Garçon. Pas grand-chose. Et aucun message de Celia. Cela étant, ça serait plutôt à moi d'en envoyer un, le dernier mot de notre discussion, c'est elle qui l'a envoyé. Elle doit crouler sous les demandes, elle se débrouillera très bien sans moi. Je décide de m'activer. Je sors de mon lit, ouvre les volets et la fenêtre. Je quitte la chambre et passe par le frigo me servir un verre de jus de fruits. Je m'installe dans le canapé. Qu'est-ce que c'est que ça ?! Là, juste au-dessus ! Deux auréoles au plafond. Je vous l'accorde elles sont toutes petites mais elles n'étaient pas là encore hier. Ce n'est jamais réjouissant de voir apparaître des traces d'humidité. Je suis bon pour appeler l'agence immobilière demain. Je me serai bien passé de ça. Je jette un œil à l'horloge de la cuisine. Il est 11 h 09, il faut **vraiment** que je m'active.

12 h 04. Juste dans les temps. Et à en juger par ma première observation, je suis le premier. Je ne vois personne qui ressemble de près ou de loin à Daphné. Nous nous sommes donné rendez-vous cinquante mètres avant l'entrée, c'est plus simple d'éviter la cohue pour se trouver. Le temps pour moi de glisser un petit mot aux deux terribles.

Je suis devant l'entrée du salon de la réalité virtuelle et j'attends Daphné. (Romain : cf. Lucie).

*Si je ne donne pas signe de vie d'ici notre repas de
ce soir, c'est soit que je suis très amoureux, soit que
j'ai rencontré une psychopathe.*

La voilà qui arrive. Je la repère de loin. Rayonnante. Elle dégage vraiment quelque chose de fou. Une sorte d'élégance. Dans sa façon de marcher, dans son pas, dans le mouvement de balancier de ses bras. Elle paraît moins grande que dans mes souvenirs. Peut-être que les ballerines ont remplacé des talons, je ne me rappelle plus vraiment. Elle porte un manteau long et sombre. Elle regarde devant elle, elle ne semble pas chercher quelqu'un, comme si elle n'appréhendait pas du tout ma présence. Ses cheveux sont attachés et dégagent son cou et ses épaules. Ses traits paraissent encore plus harmonieux que dans mes souvenirs. Elle m'aperçoit, je vois son regard changer. Son sourire remplace la non-expression de son visage. Ses yeux brillent et sourient. C'est la seule personne que j'ai rencontrée qui sait sourire avec les yeux. Autour de moi, tout s'arrête. Je suis littéralement happé, aspiré. Voir autant d'énergie et de bonne humeur avancer vers moi est un petit bonheur. Elle se présente devant moi.

- Bonjour Léo. Tu m'attends depuis longtemps ?

(J'aurais bien continué encore un peu à te regarder approcher)

- Non pas du tout je suis arrivé il y a deux minutes.
- C'est parfait alors. Ça va ?

(Là, je ne vois pas comment ça pourrait ne pas aller)

- Oui toujours ! Je récupère de ma semaine.
- Oui je sais… Tu as vu… Lucie c'est ça ?

(Et en plus tu retiens le nom de mes amis du premier coup)

- C'est ça. Oui hier, tout va bien. En apparence.
- C'est une bonne chose. On y va ? Il a l'air d'y avoir du monde !

(Oui… Si jamais on ne peut pas prendre du temps pour être un peu tous les deux et papoter, je vais m'en vouloir toute ma vie).

- Oui, allons-y ! J'ai récupéré deux places, ça nous évitera la file d'attente.
- Top ! Tu es plus organisé que moi !

(En même temps, je ne rate pas la moindre occasion pour marquer des points)

Nous marchons l'un à côté de l'autre en direction de l'entrée. Je suis un peu intimidé. J'ai la sensation d'être un imposteur, la sensation de ne pas être à ma place, la sensation que ce moment ne m'est pas destiné. J'ai l'impression d'être à la place de quelqu'un d'autre. Nous présentons nos entrées. Je redoutais un petit détail. Pour valider les billets, il fallait renseigner un nom de famille. Alors j'ai fait quelques recherches pour trouver celui de Daphné, en fonction des informations que j'avais d'elle. Et j'ai réussi. Quand on y pense, c'est assez effrayant. Un prénom, un âge, une profession et on reconstitue la vie de tout le monde sur internet. J'avais peur qu'elle me pose la question. Je me voyais mal lui répondre « j'ai fouillé tout internet pendant deux heures et tous les réseaux sociaux pour apprendre ta biographie par cœur ». Mais elle n'a pas remarqué ce petit détail. Ouf. Pour pouvoir circuler librement dans le salon nous nous sommes fait tamponner le poignet avec de l'encre invisible. Lorsqu'elle a tendu le sien, j'ai observé sa main. Ses mains lui ressemblent, elles sont jolies, ses ongles sont impeccablement sculptés, sans outrance mais avec beaucoup d'élégance. Ses doigts sont parfaitement dessinés. Voilà une main qu'on a envie de saisir. Une chose me frappe chez elle. Elle ne porte pas de bijou. À part une montre, elle n'a pas de collier malgré un haut qui dégage son cou et le début de sa poitrine. Pas de bague. Pas de boucles d'oreille. C'est littéralement une élégance naturelle qui émane d'elle.

- On commence par quoi « Monsieur l'expert » ? dit-elle d'un sourire moqueur.
- Ah, je crois que tu t'es trompé de personne, ça ne devait pas être moi que tu attendais.

- Ah désolé jeune homme, je vais chercher mon
  véritable rendez-vous alors.
- Cela étant j'ai d'autres qualités !
- Comme ?
- Eh bien… Je sais lire un plan de salon !
- Donc dans ce cas… Nous allons… Stand 62 ! Il
  attise ma curiosité.

Nous avons enchaîné les exposants et les expériences immersives. Parfois sans intérêt mais parfois avec beaucoup d'ironie. Notamment au stand qui propose une solution pour visiter son futur appartement. Le concept ? Vous mettez un casque sur la tête et vous voyez l'appartement. Vous pouvez choisir la couleur de vos murs, le revêtement au sol. Le choix de la couleur du salon a été une vraie scène de ménage potentielle. L'exposant a d'ailleurs cru qu'il assistait à une véritable dispute de couple. Il nous a souvent appelés par « votre compagne », « votre conjoint ». Personne n'a rien dit. Ni elle, ni moi. Et surtout pas moi. J'aime beaucoup l'idée que, de l'extérieur, il soit évident que nous soyons ensemble. L'après-midi a défilé à une vitesse folle. Si bien que j'ai dû, moi-même, proposer à Daphné de lever le camp, car j'étais de sortie ce soir. Nous sommes rentrés par le même métro. Elle était, elle aussi, attendue pas très loin de chez moi. Je profite d'un moment de calme entre deux stations :

- Il y a quelque chose que j'aimerai que tu lises. Ça s'appelle « Je t'ai fait une promesse ». C'est un bouquin qui m'a marqué il y a quelques années. Et je crois que ce bouquin me ressemble un peu. Disons que ça t'aiderait peut-être à comprendre en partie qui je suis.
- Il faut impérativement que je lise ça ! Ça se trouve facilement ?
- Je ne suis pas certain… Tu as cinq minutes pour faire un détour avant de retrouver ceux qui t'attendent ?
- Euh oui. Mais rapidement alors, je ne suis pas en avance.
- Le temps pour moi de monter te chercher ça chez moi, comme ça tu repars avec. Ça sera l'excuse pour se revoir.

Elle ne bronche pas, dans un sens comme dans l'autre. Nous sortons du métro et arrivons devant mon immeuble. Je sens Daphné un peu mal à l'aise.

- Viens, ne reste pas là. Je ne te propose pas un dernier verre, juste un bouquin.

Elle sourit, manifestement gênée.

- T'es bête…

Nous sortons de l'ascenseur.

- Entre, je t'en prie. J'en ai pour une minute.

Daphné patiente dans l'entrée et je cours dans ma chambre mettre la main sur le bouquin. Je pense savoir où il est. Ça ne devrait pas me prendre beaucoup de temps. J'entends Daphné au loin qui marmonne quelque chose.

- Qu'est-ce que tu dis ?
- Léo, c'est normal ça ? dit-elle, paniquée.

Elle montre du doigt le plafond au-dessus du canapé. Il y avait une énorme cloque de deux mètres de large. Vous vous souvenez des auréoles de ce matin ? Eh bien elles n'ont pas chômé pendant la journée.

- Pas du tout ! Viens, aide-moi. Il faut pousser le canapé.

Elle pose son sac et m'aide à déplacer le meuble contre le mur opposé.

- Attrape ça !

Je lui jette mon téléphone. Qu'elle réceptionne comme une pro.

- Cherche dans mon répertoire un contact nommé « Concierge Home » et appelle-le. Demande Alain et dis-lui de venir chez moi.

Pendant ce temps, j'attrape serpillières, seau et tout ce qu'il faut pour faire face à la catastrophe annoncée. J'entends derrière Daphné qui explique la situation au concierge tant bien que mal. Je ramène à proximité de la zone dangereuse tout ce que j'ai trouvé. Daphné me tend mon téléphone.

- Garde-le. Je n'en ferai pas grand-chose, rétorqué-je.
- Il arrive.
- J'espère qu'il ne va pas rester coincé dans l'ascenseur. C'est lui qui a les clefs pour couper les arrivées d'eau.

Soudain, on entend un bruit de liquide qui goutte. La cloque vient de se percer sous le poids de l'eau ! Je mets immédiatement le seau en dessous pour réceptionner ce qui tombe. On frappe à la porte déjà ouverte.

- Bonjour Léo. Effectivement, il y a urgence !
- Bonjour Alain. Tu as les clefs pour l'arrivée d'eau ?
- Oui oui. Mais il faut qu'on aille voir chez ton voisin de dessus, ça vient plutôt de chez lui. Tu n'es pas allé sonner ?

- On rentre juste Alain, on n'a pas eu trop le temps.
- J'y vais tout de suite.

Alain part au pas de course. Le seau commence à se remplir sérieusement et le débit des gouttes s'accélère.

- Daphné, je suis désolé je vais encore avoir besoin d'un coup de main. Je vais interchanger les seaux mais l'autre est tout petit, tu peux vider le gros dans l'évier en vitesse ?
- Oui oui bien sûr !
- Je suis navré de te faire ça.
- Ne t'en fais pas. Où est-ce que je vide ça ?
- Au fond du couloir à gauche dans la salle de bain.

Daphné s'exécute sans prendre de pincettes. Elle ramène le seau. Alain revient essoufflé.

- Personne ne répond ! J'ai coupé l'arrivée d'eau du haut et le tien en redescendant par précaution.

Soudain à l'unisson un énorme « Oh » retentit.

Chapitre 6

La frontière

Je reprends mes esprits assez rapidement. Je me précipite vers Daphné qui se remet elle aussi de ce qui vient de se passer. Nous sommes tous les deux complètement trempés. De la tête aux pieds. Daphné me regarde un peu abasourdie. Et soudainement, en une fraction de seconde, un fou rire nous prend. Le plafond s'est fissuré et une énorme quantité d'eau s'est déversée dans mon salon. Nous étions en dessous, elle et moi, nos seaux à la main.

- Daphné, ça va ?
- C'est froid ! dit-elle, à bout de souffle à force de rire.

- Oui, je te confirme que ce n'est pas chaud. Je pense que tu peux reposer le seau on n'en fera plus grand-chose.
- Si regarde, ça flotte ! répond-elle en le posant au sol, morte de rire.
- C'est vrai. Je ne te cache pas que ce n'était pas prévu. Tu te souviendras de ce second rendez-vous.
- Je dois avouer que celui-là restera.

Je tourne la tête vers Alain.

- Mon cher Alain je crois qu'on va avoir besoin de plus de serpillières.
- Oui oui je vais chercher ça, dit-il affolé.

Nous avons passé deux heures à tout essuyer et à assécher ce que nous pouvions. Alain et Daphné ont été incroyables. Sans eux, je ne sais pas ce que j'aurais fait. Pendant ce temps, Alain a ramené des vêtements de sa femme. Par chance, Daphné faisait à peu de chose près la même taille qu'elle. De quoi lui offrir un retour chez elle au sec. Nous avons bien sûr annulé, l'un et l'autre, nos plans prévus pour la soirée. J'ai tout de même tenu à donner le livre à Daphné, c'est pour ça qu'elle est venue après tout. Après m'être excusé et l'avoir remerciée chaleureusement, je lui ai dit au revoir. Elle était, je crois, tout aussi gênée que moi. Et en même temps, dans le fond, pas mécontente d'avoir vécu cet épisode… formateur ! Voilà un souvenir avec lequel je ne me battrai pas. Décidément, cette nana est dingue. Il me faut prendre quelques affaires avant d'aller dormir chez mes parents. Alain a mis un assécheur pour absorber l'humidité mais l'engin fait un bruit trop important pour vivre dans l'appartement. Retour chez papa et maman pour la nuit. Alain allait gentiment gérer le reste.

Ce matin, je retourne chez moi en RER. Mes parents habitent à Poissy, dans la banlieue ouest de Paris. C'est un moment plutôt agréable. Le calme avant la tempête de la journée qui s'annonce. J'ai toujours aimé regarder les gens dans le train. Je trouve que ça en dit beaucoup. Prends le RER avec moi et je te dirais qui tu es. Il y a plusieurs catégories. La première, et, de loin, la plus nombreuse avant 9 h le matin, ce sont les gens qui finissent leur nuit. Tous ceux qui se sont promis ce matin en se levant que ce soir ils se coucheraient tôt. Les mêmes qui vont traîner jusqu'à pas d'heure pour regarder leur série du moment en se disant que c'est important de décompresser un peu en soirée, quitte à rogner sur les heures de sommeil. Bref l'éternel recommencement. Il y a aussi ceux qui sont déjà au boulot dès leur entrée dans le train. Smartphone ou ordinateur dégainé, ils envoient les premiers emails de la journée ou finalisent les détails de la réunion de l'après-midi. Ceux-là, ils m'agressent… Rien qu'en les regardant, ils m'épuisent. Sûrement les mêmes qui sont au téléphone avec leur chef à la plage pendant les vacances. Un cancer à 50 ans à l'arrivée…. Au milieu, on trouve ceux qui profitent de ce temps de trajet pour lire un bouquin ou écouter de la musique. Ceux-là sont ceux avec qui j'entretiens le plus d'affinité. Quoi de mieux qu'un moment à soi pour se plonger ailleurs que dans son quotidien ? Si je devais choisir une catégorie, ce serait celle-là. Et puis il y a les « hors catégories ». Celles qui se maquillent en mangeant leur petit déjeuner tout en finissant de s'habiller. Ceux qui se racontent leur week-end d'un bout à l'autre de la rame. N'ayant pas trouvé de places assises côte à côte, ils décident de punir tout le wagon pour ce méfait. Les éternels amoureux qui vont devoir passer une journée séparés l'un de l'autre et qui clament ô combien cela va être un véritable supplice dont ils ne savent pas comment ils vont pouvoir en supporter la charge. On ne va pas se mentir, prendre le RER pour aller travailler c'est aussi l'incertitude d'arriver à l'heure, les grèves fréquentes, une « chaleur » humaine parfois trop intimiste, bref c'est beaucoup d'inconvénients mais ne retenons que le positif, c'est plus agréable. De toute façon en région parisienne on a le choix entre ça ou être coincé dans les embouteillages. Sans parler du vélib qui est une super bonne idée au début de l'été mais beaucoup moins accommodante en plein hiver. Chacun sa bataille.

Bonjour Léo ! Oui je suis bien rentrée hier soir. Tout va bien. J'en rigole encore. Je n'ai pas vu ton message avant de me coucher. Tu bosses au-jourd'hui ? Bon courage quoi qu'il en soit. Bise

---

Non je ne bosse pas. Il faut que je passe chez moi, et puis que je m'occupe de tout l'administratif ensuite. Cela nécessitera au moins la journée.

Salut toi ! Content que tout aille et que tu te sois remise de tes émotions. Un moment mémorable oui. Bisous

---

J'ai rencontré pas mal de personnes depuis quelques années. Avec la plupart, ça n'a pas fonctionné. Parce que dans le fond nous n'avions rien à partager, parce qu'on était trop différent. Je n'ai aucun regret pour ça. Je dirai même que je suis content d'avoir rencontré de nouveaux visages et d'avoir pu essayer quelque chose. Avec ces gens-là, je sais que nous n'étions pas faits l'un pour l'autre. Cette certitude empêche le moindre sentiment d'échec. En revanche, parmi les personnes avec qui ça n'a pas fonctionné, il existe une petite minorité où les choses sont différentes. Il existe quelques rencontres que j'ai ratées. Où **nous** nous sommes ratés. De ces histoires-là, il me reste beaucoup de regrets. Je suis certain qu'avec ces personnes nous avions un vrai bout de chemin à faire ensemble. Pourtant nous ne l'avons pas fait. Pourquoi ? Je veux dire, comment faire pour ne pas rater une rencontre ? Comment faire pour ne pas passer à côté de quelqu'un ? Je cherche encore la réponse à tout ça. Quand les planètes ne sont pas alignées, quand le temps manque, quand la vie s'interfère, comment limiter la casse ? Aujourd'hui, dans mes rencontres, l'échec ne me fait plus peur. Il est même parfois réconfortant. Ce qui m'effraie c'est de passer à côté. En ce qui concerne Daphné, je suis en plein dedans. Je sens que je peux la rater et cette idée m'angoisse. Ça fait huit jours qu'elle n'a pas donné signe de vie. Ce n'est sans doute rien et normal. Mais je vois apparaître dans ces moments l'ombre d'un loupé. Dans le fond, j'espérais que l'inondation chez moi agisse comme un tremplin. En tout cas, moi, j'ai sauté sur le trampoline. Peut-être pas elle. J'ai l'impression de revivre des épisodes familiers, à attendre un message, à me demander ce qu'elle penserait de telle ou telle chose, à m'interroger sur ce qu'elle fait en ce moment, à la chercher un peu. Beaucoup même. Je m'étais promis de prendre du recul, de m'inscrire dans le temps et pas trop dans l'émotion. D'arrêter avec tout ça. Je pensais en être capable. Je l'ai été pendant longtemps. Avec Daphné, je suis confronté à mes vieux démons.

Je suis de nouveau chez moi. Après plus d'une semaine, les appareils d'assèchement ont fait leur œuvre. Les experts sont passés. Verdict ? La machine de l'appartement du dessus avait une fuite à son robinet d'arrivée d'eau. Personne à l'intérieur depuis vingt jours, manque de chance. Les travaux doivent démarrer dans 15 jours. Je profite de mon nouveau quasi duplex. Depuis mon canapé, j'aperçois le plancher de l'appartement du dessus. Si un objet lourd tombe, il est possible que je me le prenne sur la tête. Assez rocambolesque. J'entends tout. Heureusement, c'est quelqu'un de célibataire. Ce que je ne vous ai pas dit, c'est que c'est **une** célibataire. Ce que ça change ? Elle est **tous les soirs** au téléphone. Je ne pensais pas qu'on pouvait y passer autant de temps sans y laisser un bout d'oreille ou de cerveau. Elle n'arrête pas de parler. C'est incroyable. Vous me direz, je suis autant qu'elle sur mon mobile mais je ne parle pas. Vous n'avez pas tort. Je dois avouer que le soir, j'y suis souvent. Madame Bulle est revenue à la charge hier d'ailleurs. Je ne lui ai toujours pas répondu. Je me suis promis de ne pas le faire tout de suite. Mais ça me démange. Surtout avec Daphné, ça serait sans doute une bonne façon de ne plus trop y penser. J'ai trois autres discussions ouvertes sur Attrape Un Garçon. Honnêtement, je m'ennuie. Inintéressant au possible. Je fais le monologue, le développement, la relance et l'invitation. C'est désolant.

Depuis le rebord de ma fenêtre, je sens l'air frais de la nuit qui entre dans le salon. La lumière tamisée accentue la sensation de calme et d'apaisement. Je suis bercé par le flot des voitures qui traversent la rue. Au loin, on distingue l'animation des terrasses de café un soir d'été. Beaucoup d'éclats de rire. De nombreux éclats de voix. Pas mal d'éclats d'alcool aussi. En face de moi sur la façade de l'immeuble les fenêtres tantôt éclairées par la lumière des appartements, tantôt sombres, forment une mosaïque aléatoire dans laquelle je cherche des formes, des repères. J'aperçois de temps en temps quelques ombres derrières les voilages qui viennent perturber mes dessins imaginaires. Plus haut, le ciel est clair. En le fixant quelques secondes on arrive à échapper à la pollution lumineuse et à contempler quelques étoiles. La lune, bien visible elle, est signe d'une météo dégagée. Me voilà à la frontière entre mon univers et le monde extérieur. Je me surprends à me demander lequel m'est le plus familier. Ou plutôt, le moins étranger. La réponse n'est pas si évidente que cela. D'un côté mon « chez-moi ». Agencé comme je l'entends. Un endroit où tout est (la plupart du temps) à la place que je veux lui donner. Chez moi, je peux avancer les yeux fermés, chaque son résonne familièrement, chaque défaut est connu depuis toujours. À part mon nouveau plafond bien entendu. Tout est fait pour s'y sentir bien. Dehors, rien de tout ça. Tout s'écrit différemment à chaque seconde qui passe. Tout change, rien n'est jamais à l'identique. Je ne peux pas m'y retrouver en fermant les yeux, je ne peux pas organiser les choses comme je le veux, je ne peux pas me mettre à l'abri. Et, paradoxalement, dans cet univers-là, il n'y a pas de surprises. On sait que tout y est mobile. Nous sommes habitués à faire face, à chaque fois qu'on sort, à une nouvelle donne. C'est acté. Dans nos mondes, on passe une vie à comprendre qu'on ne maîtrise rien. Là dehors, on finit par trouver sa place avec le temps. Les chemins se croisent. Je prends conscience à cet instant précis que je suis exactement à la jonction de ces chemins. L'intersection de mon monde dans lequel je perds la maîtrise et du monde extérieur dans lequel je commence à trouver ma place.

Message de Scodineri : Alors ça y est, tu as trouvé l'amour de ta vie à la salle de sport ?

Je sors des Halles. Lucie a proposé un petit verre au QG. Je ne suis pas en avance, pour une fois ça ne sera peut-être pas Romain qu'on va attendre. Je rejoins la rue Sébastopol, puis la traverse pour m'approcher du centre Pompidou. Un chassé-croisé entre les derniers partants des bureaux et les premiers chanceux qui débutent leur soirée. Je longe Beaubourg. Sur la droite, une succession de restaurants, boutiques diverses, les deux remplis de touristes. À gauche quelques marches puis une petite esplanade où beaucoup sont allongés. Des touristes toujours mais aussi des curieux, des amoureux, des passionnés, tout ce qui fait la magie de Paris. J'arrive devant le QG. J'aperçois Lucie qui est déjà installée en terrasse. Elle me sourit, j'imagine qu'elle me voit approcher de loin. À moins que ce soit pour le beau jeune homme qui me suit de quelques pas. Je la rejoins et prends place face à elle. Elle semble un peu fatiguée. Je lui fais une bise appuyée et lui demande comment elle va.

- Ça va. Je sors de chez mon frère. On a commencé à s'occuper de ses affaires.

125

- Tes parents étaient là ?
- Simplement mon père. Ma mère ne se sentait pas prête visiblement.
- Ça s'est bien passé ?
- Aussi bien que ça puisse se dérouler. Je pense que je prends conscience qu'il ne reviendra plus.

Je devine Lucie marquée par ce qu'elle vient de dire. Je me rapproche et m'assois sur la chaise à côté d'elle.

- Tu l'as évoqué toi-même. C'est normal que ça devienne un peu plus compliqué à accepter pour toi, tu commences à vraiment réaliser. Tu as le droit de ne pas toujours tout gérer, tu sais ?
- Je sais.
- Alors sur ce coup-là, laisse un peu de place à ce que tu ressens et arrête de trop réfléchir.
- Tu crois que ça aide à faire face ?
- Je crois surtout que c'est humain.
- Oui sans doute. Romain est encore en retard…

- Il n'a que vingt minutes, c'est tout à fait dans la norme. On a qu'à se commander quelque chose, ça le fera arriver.
- Oui, après tout, les absents ont toujours tort.

Je me lève pour aller au bar. Mon téléphone vibre. Je le sors de ma poche. Madame Bulle… Tiens donc.

Message de Madame Bulle : Je suis allé boire un verre avec lui. Vraiment très mignon et la tête bien faite. Mais j'avais pas très envie. Tant pis pour lui ! Et toi ça drague un peu de jolies brunes ?

J'attrape les deux cocktails, je lui répondrai plus tard. « J'avais pas très envie… », je rêve. Bref. Je me dirige vers Lucie. Une fois les verres sur la table, Romain arrive au pas de course. Comme quoi.

- Je suis désolé, je ne suis pas en avance, vous avez bien fait de ne pas m'attendre. Je file me chercher une bière.
- Quand je disais que ça le ferait venir.
- Un vrai voyant, répond Lucie.

Romain nous rejoint très vite.

- C'était un peu compliqué au boulot, j'ai cru que j'allais devoir annuler. Vous êtes là depuis long-temps ?
- Depuis à peine quelques minutes, rétorqué-je.
- Ça va ? dit Romain en s'adressant à Lucie.
- Oui, je suis juste bousculée. C'est ce que je disais à Léo, je sors de chez Jérémie.

Lucie nous raconte son après-midi. Je me sens un peu idiot, c'est difficile d'imaginer ce que ça peut bien faire de vider l'appartement de son frère décédé. Étrangement dans son discours ça semble plus réconfortant que traumatisant. En tout cas, le fait de vider son sac et de nous raconter tout ça paraît l'apaiser. Romain reprend.

- De toute façon, c'est une étape nécessaire et ça t'aidera à passer à autre chose.
- C'est vrai, dans le fond, ça n'a pas que des mauvais côtés.

Lucie fixe le vide. Romain me lance des regards préoccupés. Elle brise le court silence qui est apparu.

- Ce qui me bouscule le plus, ce n'est pas vraiment ça dans le fond… Vous avez déjà pris des décisions difficiles ? Des décisions dans lesquelles il n'y a ni bonne ni mauvaise réponse ?

Elle relève la tête mais nous évite. Romain et moi la cherchons du regard. Il attrape sa main.

- Oui, ça m'est arrivé et je sais que Léo aussi, non ?

Il me fait un geste.

- Oui. Passé trente ans, ça semble inévitable sur un CV. Pourquoi cette question ?

Lucie met du temps avant de répondre.

- Vous avez déjà regretté d'avoir pris ce genre de décision ?

Romain reste passif. Pas moi.

- Le pire c'est sans doute de ne pas en prendre du tout.

Elle regarde vers nous. Vers Romain, puis vers moi. Romain sort de son silence.

- Tu as une décision difficile à arbitrer ?
- Je crois qu'elle est prise depuis quelques jours déjà.
- Et ? dis-je.
- Je pars.

Romain me dévisage comme pour me demander de confirmer ce qu'on vient d'entendre. Lucie reprend sans nous laisser le temps de comprendre.

- Je décolle pour le Canada demain soir. Un aller simple. J'ai pris le billet sur un coup de tête en me disant qu'il y aurait toujours moyen de faire machine arrière si je changeais d'avis. Mais je vais prendre cet avion.

Romain et moi comprenons qu'aucun mot ne serait efficace dans un tel moment. Nous nous rapprochons instinctivement d'elle et glissons l'un et l'autre un geste d'affection. De bienveillance. De réconfort. Tout le monde ressent la même chose, une immense émotion. Mais c'est d'encouragements dont Lucie a besoin.

La discussion a repris. Romain et moi avons, comme dans un implicite contrat fait le boulot, pour la convaincre que c'est une décision courageuse, pleine de perspective et de nouveaux défis. Ce qui est vrai. Mais ni lui ni moi n'étions prêts. Je crois que Lucie non plus d'ailleurs. J'accuse un peu le coup sur le chemin du retour.

Message de Scodineri : Demain à cette heure-là, je serai à Roissy, j'aurai mis une amie très proche dans un avion sans retour vers le Canada. Aucune blonde, aucune brune, la seule qui compte, c'est elle. Si on m'avait dit ce matin qu'on m'annoncerait ça aujourd'hui, j'aurais refusé de démarrer cette journée. Bonne nuit.

Chapitre 7

Saint-Arnoult-en-Yvelines

Je regarde par la fenêtre. Je cherche Lucie. C'est mission impossible j'ai perdu de vue son avion pendant qu'il s'éloignait de la porte d'embarquement. Cette fois c'est sûr, elle est partie. La « dream team » s'internationalise. Voilà ce que je préfère me dire. Je sais qu'elle voulait changer d'air depuis un moment, mais je ne peux pas imaginer que la disparition de son frère soit innocente dans l'accélération de son départ. C'est une bonne chose, elle va pouvoir reconstruire un morceau de vie tout neuf loin de tout ce qui la bloque ici. Elle va me manquer. Romain est à côté de moi, il ne dit rien. Mais je sais que ça lui fait quelque chose à lui aussi.

- Il faut que je rejoigne Clémentine, elle va commencer à m'attendre. Et tu la connais…
- Oui ! File l'ami.
- Tu crois que c'est vraiment ce qu'elle veut ?
- Comment ça ?
- Lucie. Tu penses qu'elle est partie pour de bonnes raisons ?
- Je me dis qu'elle est assez grande pour savoir ce qu'elle fait. Et puis depuis combien de temps elle nous parle de son départ là-bas ?
- Un moment…
- Et tu vois un obstacle à ce qu'elle aille respirer ailleurs ? Surtout après ces derniers temps…
- Non. Enfin si. Nous ! Elle va me manquer tout de même.
- Oui, moi aussi. Mais ça sera l'occasion d'aller au Canada !
- On peut le voir comme ça. Tu fais quoi ce week-end ?
- J'ai des bricoles à faire pour l'appart et je mange chez mes parents.
- Passe si tu as envie !

- Oui merci, je te dirai, mais je pense que je n'aurai pas beaucoup de temps pour moi.
- Il faut vraiment que je file, bonne soirée l'ami.
- Toi aussi.

Je m'assois un instant. Le soleil commence à tomber. Lucie doit maintenant être dans les airs. Je lui envoie un message et je rentre.

Bon voyage. On pense à toi. Tu nous manques déjà... Fais-nous un mot quand tu as bien atterri. On t'embrasse.

- 3 chances sur 10, c'est beaucoup ?

Une voix vient de sortir de nulle part. Je relève le nez de mon téléphone. Je reste stoïque. Elle se fait de nouveau entendre.

- Il paraît que c'est beaucoup trop.

J'esquisse un mouvement. On m'interrompt.

- Non, ne bouge pas.

- Je suis parfaitement immobile. C'est une prise d'otage ? Il faut que je lève les mains aussi ?
- Non pas encore. Laisse-moi le temps de faire le point.
- Le point ?
- Tu es plus grand que ce que tu annonces. Tu fais plus un mètre soixante-quinze que soixante-dix. Bien que tu sois assis, je ne pense pas me tromper en disant ça. J'en ai vu des hommes... Tu ressembles assez aux photos, je t'aurais reconnu même si je ne te savais pas ici.
- C'est flippant...
- Par contre, je n'imaginais pas du tout ta voix comme ça. Elle est plutôt agréable !
- Je prends ça comme un compliment.
- Ne t'habitue pas trop.

Je me retourne. Elle est assise juste derrière moi, dos à mon siège. Au moment où je la découvre, elle passe la main dans ses cheveux pour les remettre en place, le signe d'un peu d'anxiété ou un tic prononcé. Elle n'est pas du tout comme je l'imaginais. Elle est beaucoup mieux. Elle est sublime. Avec toutes ses photos, je pensais voir un petit côté prétentieux se dégager d'elle. Pas trop en fait. Elle est vêtue d'un chemisier à carreaux bleu. Elle seule, peut porter ce genre de chose. Elle a les cheveux longs parfaitement lissés, des yeux marron perçants. Son collier avec le « nounours » est là. Son sac à main est posé sur ses genoux. Ses bras dessus. Elle fait preuve d'une décontraction déconcertante.

- Qu'est-ce que tu fais ici ?
- Je viens voir qui est Scodineri.
- Et tu t'es dit que le meilleur moment pour ça c'était à l'aéroport un vendredi soir quand il vient de mettre son amie de 6 ans dans un avion sans retour ?
- Précisément.
- Et alors ?
- Ça correspond à ce que j'imaginais. À la différence que j'espérais que tu aies meilleure mine. Là, tu as une sale tête.
- Une vraie séductrice.
- Viens, je te ramène.

137

- Bien pensé. Mais je suis en voiture.
- Tu me dirais jamais non…
- Tu n'en sais rien !
- Bien sûr que si. Vas-y, dis-moi que tu ne souhaites pas te faire raccompagner par une jolie blonde.

Qu'est-ce que vous voulez que je réponde à ça ?

- En vrai, je suis en transport.
- Je savais.

Je quitte mon siège et suis Celia. Je marche à côté d'elle. Elle est petite, mais énergique. Elle avance sans regarder si je la suis ou pas. Elle est décidée à rejoindre sa voiture sans déroger à cet objectif. On descend vers les parkings sans dire un mot. Elle dévale les escaliers et se faufile à toute allure parmi les véhicules. J'ai presque du mal à la suivre. Soudain, elle ralentit le pas. Elle s'approche d'un énorme coupé sport.

- Ça change de ma Polo…
- C'est sûr. Aller grimpe Scodineri.
- Dans la voiture ?

- Oui… Pas sur moi !

Ce goût pour l'élégance… Elle démarre la voiture qui fait un bruit assourdissant. Je ne suis pas très à l'aise dans un tel engin. Elle sort du parking aussi vite qu'elle a rejoint la voiture quelques instants auparavant. En l'espace de deux minutes, nous sommes sur l'autoroute.

- Tu emmènes tous tes contacts Attrape Un Garçon dans cette voiture ?
- Non juste mes clients.
- Même avec un emprunt sur 150 ans je ne suis pas certain de pouvoir m'offrir l'entrée de gamme.
- Personne n'est parfait.
- C'est sûr…
- J'espère que tu n'as rien prévu ce week-end !
- Pourquoi ?
- Parce que si c'est le cas c'est le moment d'annuler tes plans.
- Mais encore ?
- On va voir la mer.

Sur le moment, je n'ai pas compris. J'ai cru à une blague que je n'ai pas saisie ou à un jeu de mots que je n'ai pas compris. Mais non. Elle a littéralement décidé que nous irions voir la mer. Au sens propre. Le temps pour moi de faire un texto à ma mère pour lui dire que je ne passerai finalement pas. Je comprends que nous fuyons Paris quand nous passons le péage de Saint-Arnoult-en-Yvelines. Direction l'ouest. Ce n'est donc peut-être pas la mer que nous allons voir, mais l'océan. Je l'observe timidement sans me faire prendre. Elle est concentrée sur la route, mais je sens que ça ne va pas durer. Ça ne lui ressemble pas. Encore faut-il que la Celia que j'ai côtoyée à travers un écran soit la même que celle qui est à côté de moi. Soudain, une sonnerie retentit via les haut-parleurs de la voiture. Celia sort de son silence.

- Pas un mot.
- Ok chef !

Elle presse un bouton sur le volant.

- Allo ?

- Bonsoir jolie blonde !
- Salut.
- Je viens de rentrer chez moi et je meurs d'envie d'aller boire un verre avec la plus belle blonde de Paris.
- C'est tout ?
- Le reste ne dépend pas de moi, mais, tu me connais, je ne te refuse jamais rien.
- Rien de rien ?
- Absolument tout ce que tu voudras.
- Tentant… Mais non !
- Aller, on se retrouve à Bastille dans 10 minutes.
- Pas possible.
- Je vais devoir sévir alors…
- Tu vas rien faire de tout ça. Voilà ce que tu vas faire. Tu vas raccrocher et tu vas aussi effacer mon numéro de ton répertoire. Tu peux même commencer à m'oublier, je suis casée maintenant.
- Toi en couple ? Pas du tout crédible…
- Et pourquoi ça ?

- Parce que tu es une séductrice née, tu es incapable de rester avec quelqu'un plus de deux jours.
- Exactement. Et ça fait déjà trop longtemps que je te vois toi, je m'ennuie. Au revoir donc.

Elle presse sur le même bouton que tout à l'heure. La sonnerie du téléphone se fait de nouveau entendre. Celia ne décroche pas. Elle me regarde.

- Alors Scodineri, ça y est t'as digéré de te faire embarquer à l'improviste ?
- Pas besoin, c'est mon quotidien.
- Oui, c'est ça.
- C'était qui ?
- Un ancien collègue.
- Charmant le type.
- Sois pas jaloux !
- Jaloux d'un mec comme ça ? Impossible. Tu as vu comment il parle ?
- Il parle comme tous les hommes.
- Tu ne fréquentes pas les bons, je crois.

Je marque un temps d'arrêt puis reprends.

- On va où ?
- Je te l'ai dit, voir la mer.
- J'ai peur qu'on ait un peu de mal à l'apercevoir au regard de l'heure qu'il est.
- On a deux jours pour ça.

Un « bip » retentit.

- Il faut d'abord qu'on s'arrête faire le plein.

On fait une pause à la prochaine aire d'autoroute. Elle sort de la voiture, retire le capuchon du réservoir d'essence. Elle attrape un pistolet et fait le plein. Pendant ce temps, je la vois qui regarde derrière la voiture puis devant. À aucun moment elle ne jette de regard dans ma direction. Elle dégage vraiment quelque chose de très sévère. Pas au sens péjoratif du terme. On sent chez elle beaucoup de sérieux, de gravité. Comme si elle était pleinement concentrée sur ce qu'elle est en train de faire. Je la revois filer devant moi à l'aéroport tout à l'heure. Je ne sais toujours pas où on va ni pourquoi on y va. Je ne sais pas pourquoi elle s'est mis en

tête de m'embarquer comme ça, sans raison, sans prévenir. Je ne sais pas ce qui se passe. Mais, au fond de
moi, j'aime énormément ce moment un peu particulier. Ça change du quotidien et à dire vrai, ça fait du
bien. Elle est vraiment étrange cette Celia. La conversation à laquelle j'ai assisté tout à l'heure me confirme
que cette fille est une séductrice plus qu'autre chose.
Elle sait pertinemment que c'est ce que je fuis. Ça sera
intéressant de passer du temps avec elle. Il n'y aura pas
d'ambiguïté, nous passerons tous les deux un moment
sans la moindre envie que quelque chose de plus
qu'une amitié naissante ne se produise. Je suis perdu
dans mes pensées quand la portière s'ouvre.

- Tu me donnes ma carte s'il te plaît, dans mon
  sac à main, portefeuille rose.

Je fouille dans ma veste.

- Prends la mienne. 1475.
- Merci.

Elle attrape la carte sans poser de question.
Quelques instants après, nous sommes de nouveau sur

l'autoroute. Nous avons roulé comme ça un peu plus de quatre heures. Nous sommes sortis de la voie rapide depuis une vingtaine de minutes, nous circulons à travers de petits villages. Les endroits que nous traversons sont très calmes. Complètement éteins même. D'après ce que je comprends, nous ne devons pas être très loin de Brest, un peu au sud.

- Tu dors Scodi ?
- C'est Léo, Scodi ça fait caniche.
- On arrive.

Je sens qu'elle cherche son chemin, beaucoup plus que depuis notre départ en tout cas. Elle regarde attentivement tout autour de la voiture. Soudain, elle pile. Elle fait une marche arrière rapide puis prends une petite route sur la droite. On avance le long d'un tracé difficilement praticable. On est trimbalé de gauche à droite dans l'habitacle, assez violemment. Elle sourit. Je me demande bien où on va. J'espère ne pas finir en otage dans un lieu reculé que jamais personne ne trouvera. Dans la lumière des phares, je vois se dessiner au loin une maison. Plus nous avançons, plus elle apparaît. C'est effectivement une petite maison, perchée un haut d'une colline. Celia prend le virage et la voiture s'engage sur la route qui monte. Elle arrête le véhicule devant la porte de garage.

- Terminus, tout le monde descend, veillez à ne rien oublier en descendant du bolide. Nous vous souhaitons un agréable séjour.

Un sentiment d'euphorie est palpable. Je réponds.

- Patate !
- Tu peux attraper ma valise dans le coffre s'il te plaît.
- Vos désirs sont des ordres. Faudra pas t'habituer à faire trop ta princesse quand même.

Le temps que j'aille jusqu'au coffre, Celia s'est éloignée de la voiture. Je sors sa valise et referme le coffre. Je ne la vois plus. Où est-elle passée ?

- Pas la peine de jouer à cache-cache, tu as gagné d'office, je me rends, crié-je.

Elle me répond, plantée juste derrière moi, me faisant sursauter.

- Je suis allé chercher ça, dit-elle en remuant les clefs sous mon nez.

Elle ouvre la porte à côté du garage. Elle allume et m'invite à entrer. C'est vide. Aucun meuble, aucun vêtement, aucun signe de vie. La maison doit être inoccupée. Celia déverrouille une porte sur la droite qui laisse apparaître un escalier. Elle monte. Je la suis. Elle voit que je regarde tout autour de moi assez incrédule.

- Pose ça là.
- Quoi donc ?
- Ma valise !
- Oui pardon. On est où ?
- Quelque part à 30 km de Brest.
- D'accord, mais cette maison qu'est-ce que c'est ?
- Un point de chute. Si t'es pas content, personne ne te retient !
- Ne m'agresse pas… C'est parfait. C'est juste que tu m'emmènes ici, sans rien me dire, je pense

que poser une ou deux questions n'est pas illégitime.

- Je plaisante Scodi. Je te fais visiter.

Elle me montre les différents espaces de la maison. Il y a deux chambres, une grande et une petite. Une salle de bain et la pièce principale avec une cuisine américaine ouverte sur le salon. La maison paraît vieille. Il y a d'anciens meubles, la décoration date, on sent qu'elle n'est pas été habitée depuis un moment. Elle est d'ailleurs très impersonnelle. Pas de photo, pas de livre, pas de tableau, rien qui permet d'identifier qui a vécu ici.

- Il faut qu'on aère un peu pour que ça respire. Ça fait longtemps que personne n'est venu. Tu peux m'aider ?
- Oui.

Je m'exécute et ouvre volets et fenêtres de la grande chambre. **Ma** chambre comme a insisté Celia. À travers la maison je l'interpelle.

- Tu m'as menti !

- Pourquoi ?
- Tu m'as dit qu'on allait voir la mer.
- Et ?
- Bah je l'ai pas vue, ironisé-je.
- Viens.

Je sors de la chambre et la retrouve près de deux grandes portes-fenêtres qu'elle est en train d'ouvrir.

- Après toi, dit-elle, en faisant un geste qui m'invite à sortir.

Je passe la porte-fenêtre. Il fait frais. La lumière s'allume subitement. Je comprends alors que je suis sur une terrasse. Une terrasse qui surplombe la mer. J'entrevois le mouvement des vagues et surtout j'entends le bruit des clapotis. Le paysage qui s'ouvre devant moi est masqué par la nuit noire. Sans aucun doute, il doit être grandiose en plein jour.

- Alors ? Je suis une menteuse ?
- A priori non. Mais j'en saurais plus demain matin, j'imagine.

- Tu seras pas déçu. Scodi, je suis crevée. On attend 10 minutes que la maison respire et on va
se coucher ?
- Oui chef !

Je me retrouve seul dans mes quartiers. Je fais mon
lit. Si on m'avait dit ce matin que j'en serai là ce soir,
je ne l'aurais pas cru. La chambre est quasi vide. Il y a
le lit double à côté duquel trônent une table de nuit et
une lampe de chevet. Dans l'autre coin de la pièce, il y
a une grande armoire en bois. Face à la porte, la fenêtre
qui donne sur des arbres. Rien autour. La maison est
vraiment isolée. Je ne sais toujours pas où je suis précisément. Je ne sais pas ce que c'est que cette maison. Ça
ressemble à une maison de famille. Mais rien de fami-
lial ici. Pas de photo, pas d'âme, pas de vie. Ça doit
sans doute être autre chose. Je ne sais pas si Celia dai-
gnera m'en dire plus. Et sur tout le reste aussi…

Chapitre 8

Crozon

Je suis réveillé par le bruit de l'océan. Il y a pire comme réveil. Je ne sais pas quelle heure il est. Mon téléphone est en charge à l'autre bout de la pièce. Je n'ai pas osé débrancher la lampe de chevet. Je ne suis pas chez moi, je ne vais pas toucher à tout. Par ailleurs, la prise semble fragile, alors mieux vaut ne pas insister. Je ne sais pas comment est Celia en matière de réveil. Est-ce une lève-tôt ? Est-ce une lève-tard ? J'ai laissé la fenêtre entre-ouverte. Hormis la mer, aucun bruit. Pas une voiture qui passe, pas une personne qui parle, rien, le calme complet. C'est un véritable bonheur. Je sors du lit et m'approche de la fenêtre pour ouvrir. Le paysage est encore plus impressionnant que ce que j'imaginais. Ce ne sont pas quelques arbustes qui se trouvent devant. C'est une forêt ! Des arbres à perte de vue, je n'en vois pas la fin. Je devine l'océan sur la droite. J'attrape mon téléphone posé au sol. Heureusement que Celia a le même que moi sinon j'aurais été privé de communication pendant tout le week-end. Il est 10 h 43. La nuit a été assez courte néanmoins, on s'est couché tard. Je quitte la chambre. La maison a l'air vide, aucun bruit. Tout est ouvert pourtant. Celia s'est donc levée. Je ne vois pas son sac. Et les clefs de la voiture qui étaient posées sur la table ne sont plus là. Elle doit être sortie. Je jette un coup d'œil par la fenêtre. Pas de véhicule. Je ne crois pas au home jacking [1] ici. Il fait un temps magnifique. J'aperçois la mer par les portes-fenêtres. Je vais sur la terrasse. La vue est ahurissante. C'est au-delà de ce que j'avais imaginé hier soir. Je survole littéralement l'océan. C'est à couper le

---

[1] S'introduire dans la maison d'un particulier, s'emparer des clés de sa voiture pour repartir avec le véhicule

souffle. À gauche la forêt à perte de vue. À droite, l'eau s'étend encore et toujours. Je m'assieds devant la table pour contempler le spectacle. J'ai un message sur mon téléphone.

Coucou Léo, bien arrivé à destination. Moi aussi je pense à vous. Le temps manque un peu mais je vous donne plus de nouvelles dès que possible.

Le fait de savoir que Lucie est bien arrivée est un soulagement. Même si le numéro de Celia a pas mal occupé mon esprit, j'attendais un signe de Lucie avec impatience.

Hello Lucie, merci de ton petit mot. Je suis en Bretagne, longue histoire... que je te raconterai vite. On attend de tes nouvelles alors. La bise

---

Je vais sur Attrape Un Garçon. Je ne le crois pas ! Madame Bulle est en ligne ! Elle s'est donc connectée ces dernières heures. Décidément, rien ne change ses habitudes… Et Perhaps aussi d'ailleurs. Je ne sais même pas pourquoi je garde cette conversation dans mon historique.

- Ça textote ?

Je me retourne, Celia vient d'entrer sur la terrasse.

- Bonjour Celia.
- Je suis sorti faire quelques courses. On a de quoi petit-déjeuner, se faire du café et ça c'est pour toi.

Elle me jette un paquet que j'attrape à la volée.

- Qu'est-ce que c'est ?
- De quoi te changer.
- Merci… Mais il ne fallait pas !
- Si si, il fallait. Tu vas quand même pas rester habillé avec les mêmes fringues tout le week-end. On n'est pas chez les « cracras » ici.
- OK chef.
- T'es parti tôt pour tout ça ?

- Oui. J'en ai profité pour aller voir quelqu'un aussi. La vue est pas mal non ?
- C'est dingue. Tu viens souvent ?
- Non. J'ai envie d'un café, tu en veux un ?

Nous avons un peu traîné devant la mer. On a pris notre temps. On n'a évoqué ni la maison ni pourquoi nous sommes ici. On a juste parlé de tout et de rien.

En Bretagne ?! Mais qu'est-ce que tu fous là-bas ?!

Celia voit que je regarde mon téléphone.

- C'est elle ?
- Qui ça « elle » ?
- La Canadienne.
- Oui…
- Bien arrivée ?
- Visiblement.
- Tant mieux. Ça t'ennuie si on débranche ?
- Hein ?

- Je n'ai pas envie de passer mon week-end sur mon portable, je vais l'éteindre. Et je pense que tu devrais faire pareil.
- Oui, pas de problème, après tout ça ne fera pas de mal. Bon alors c'est quoi le programme ?
- En général quand on vient ici pour la première fois, il faut faire le sentier qui longe la côte jusqu'à Crozon. C'est assez magique. Et puis pour un sportif comme toi, c'est une promenade de santé.
- C'est toi qui commandes de toute façon ! Bonne idée !
- Il y a 10 kilomètres.
- Aller-retour ?
- Oui, dit-elle en souriant.
- Celia…
- 10 pour l'aller, idem au retour.

Je me suis préparé et on est assez vite sorti de la maison en tenue de combat. Ou presque. En descendant pour rejoindre le sentier, j'aperçois un voilier. Je ne l'avais pas vu jusqu'à maintenant, caché par la terrasse.

- Celia ?
- Oui Scodi.
- C'est quoi ce voilier ?
- Ça fait partie de la maison.
- Oui à d'autres... Un bateau, ça s'entretient. Il a l'air impeccable. Si personne ne vient jamais ici, c'est impossible.
- Quelqu'un s'en occupe.
- Tu te fous de moi ?
- Jusqu'à maintenant ça a été le cas ?
- Non, je ne crois pas.
- Alors arrête et marche, on n'est pas arrivé !

Le soleil cogne fort. Il paraît qu'il ne fait jamais beau en Bretagne. Et bien, c'est l'exception qui confirme la règle. Le sentier offre une vue unique sur l'océan. Celia est devant moi et ouvre la marche. Fidèle à elle-même. Ma question sur le bateau l'a peut-être braquée. Je ne sais pas. En même temps, elle fait tellement de mystère sur tout ça. Ça ne paraît pas très compliqué de donner quelques éléments de détails. Mais visiblement ça l'est. Nous avons piétiné plusieurs heures. Souvent, nous nous sommes arrêtés pour que Celia fasse le guide. Elle a l'air de connaître tous les recoins. C'est une femme magnifique. Mais quand elle parle du coin, elle rayonne littéralement. Comme si l'endroit déverrouillait quelque chose en elle. Ça se sent. Elle n'est pas tout à fait la même. Quelque chose l'inonde complètement de l'intérieur. J'en profite pour tenter d'obtenir quelques réponses.

- Celia, pourquoi tu m'as amené ici ?
- Bah pourquoi pas ? Ça te plaît pas ?
- Si si c'est vraiment un endroit superbe. Ce n'est pas le problème.
- Alors c'est quoi le problème ?
- Aucun, ce n'est pas le sujet.
- …
- C'est simplement que tu débarques de nulle part, tu m'embarques sans trop me laisser le choix et on atterrit ici.

- J'avais envie de changer d'air. Et puis tu semblais un peu bousculé par le départ de Lucie, alors je me suis dit qu'aller au bord de la mer serait une bonne idée. Pour une première rencontre, c'est plus original qu'un verre dans Paris.

- Oui c'est certain… Mais tu ne voulais pas qu'on se rencontre. Pourquoi ce changement soudain ?

- Je ne voulais pas d'un rencard. Et je n'en veux toujours pas. Tu es le seul mec que j'ai croisé ces derniers mois qui n'a pas envie de me sauter dessus. Et puis comme tu sais bien qu'il ne se passera rien entre nous, je ne risque pas grand-chose. Je me trompe ?

- Non pas du tout. Donc ce qui t'anime c'est la seule volonté de réconforter un vague ami que tu n'as jamais vu et qui avait un peu le moral dans les chaussettes ?

- C'est l'idée.

- Totalement clair.

- Aller il ne faut pas traîner, il faut faire le chemin inverse. On va devoir accélérer. Enfin… Si tu arrives à suivre la cadence Scodi !

- Je n'osais pas le dire mais le rythme est mou pour moi.

Elle sourit et repart bille en tête.

Je suis complètement HS. Un enfer. Sur le retour, Celia n'a pas « un peu accéléré » le pas. Elle a décuplé la vitesse oui ! J'ai eu du mal à suivre. Je n'ai rien dit et j'ai pris sur moi pour faire face. Mais, en vrai, je vous assure que je n'étais pas serein. Au bout de dix minutes sur le chemin du retour j'ai compris qu'elle ne rigolait pas quand elle a annoncé qu'on accélérerait. C'est une sacrée sportive. Une fois arrivée à la maison, elle semblait à peine atteinte physiquement par notre trajet. Moi j'étais au bout de ma vie. Elle a bien vu que je n'étais pas facile sur la fin. Mais elle n'a rien dit. J'ai compris à son sourire qu'elle avait remarqué. Je ne suis pas mécontent d'être arrivé. La ballade était vraiment sympa. Celia est partie se doucher. L'occasion pour moi de me rapprocher pour voir de plus près le bateau. Je sors de la maison et descends les escaliers qui permettent de rejoindre le petit ponton. Par mer agitée, il doit être inaccessible. Ce soir l'océan est calme. Un véritable lac. Le voilier est impeccable. Ce matin, de loin, il semblait déjà en très bon état. Il doit faire environ huit mètres. Sur l'avant, on peut lire « La Madra ». Je ne sais pas ce que ça signifie. Je n'ai pas beaucoup de temps. J'essaye de bouger un peu pour pouvoir apprécier le bateau sous différents angles. Il est vraiment superbe. Je me demande simplement comment y accéder. Je ne remarque rien autour de moi qui permette de le rejoindre. Étrange. Je décide de remonter très vite pour ne pas que Celia voit que je suis descendu. Une fois en haut je m'installe sur la terrasse pour profiter encore du spectacle. Elle sort de la salle de bain avec une serviette qui recouvre son corps de la poitrine aux genoux et une autre enroulée autour de ses cheveux.

- Tu peux y aller, je me maquillerai après sinon tu risques d'attendre longtemps.
- Du genre à passer du temps dans la salle de bain ?
- Beaucoup.
- Alors j'y vais.

Cette douche est tout bonnement régénératrice. Elle me fait un bien fou après notre journée d'escapade. La faim se fait aussi sentir. On a grignoté une bricole face à la mer à midi. On mange dehors ce soir. Je sors de la salle de bain et je croise le regard de Celia qui éclate de rire.

- Léo, tu as vu ta tête ?
- Oui, ça fait 32 ans que je la supporte.
- Non mais depuis que tu es sorti de la douche !
- Non pourquoi ?
- Attends…

Elle m'attrape par le bras et m'amène devant le miroir. Elle essuie la condensation qui s'est formée. Elle pleure de rire. Je me regarde. Je suis rouge écarlate sur tout le visage et le cou. Un impressionnant coup de soleil.

- Un vrai breton dans l'âme, rétorque-t-elle de façon ironique.
- Tu te moques ?

- Oui, là complètement. Attends, j'ai ce qu'il te faut.
- Ne t'en fais pas, ça ira.
- Attends je te dis, sois pas idiot.

Elle part fouiller dans ses affaires. Une femme a toujours ce qu'il faut dans ces cas de force majeure. Elle revient avec de la crème et me la tend. Je l'étale sur mon visage. C'est froid. Mais ça fait du bien. Je m'adresse à Celia.

- Je te laisse refermer le tube, j'ai les mains pleines de pommade.

Elle me rejoint dans la salle de bain.

- Léo… dit-elle d'un air maternel.
- Quoi ?
- Je peux ?
- Tu peux quoi ?
- T'as fait ça n'importe comment.

Sans même attendre de réponse, elle étale un peu mieux la crème sur mon visage, sur les joues et sur le nez. Scène étrange.

- Voilà c'est mieux. J'en ai plein la main aussi à cause de toi.

Elle s'apprête à sortir de la salle de bain. Je l'interpelle.

- Celia ?
- Quoi ?

Elle se retourne. Je lui étale sur le visage toute la crème qui me restait sur les mains. Je n'ai pas résisté à la tentation.

- Léo, t'es prêt ? Je t'attends ! crie Celia, en étouffant son rire.

Je la rejoins.

- Non mais je rêve.
- Normal, je suis là.

Je l'ai attendue au moins une heure. Une heure à se maquiller, s'habiller ou je ne sais quoi d'autre. Elle ne plaisantait pas quand elle disait qu'elle passait du temps dans une salle de bain. Je dois avouer qu'elle est sortie de là plus radieuse que jamais. Elle a aussi pris des couleurs suite à notre après-midi. Mais elle n'est pas rouge écarlate comme certains dont je tairai le nom par charité. On ferme la maison. Le soleil commence à illuminer le paysage d'un ton orangé. Celia m'interpelle et me lance quelque chose que je n'ai pas le temps de discerner avant de l'attraper. Ce sont les clefs de la voiture.

- Tu croyais quand même pas que j'allais faire le taxi tout le week-end ?
- Bah si un peu.

- Tu rêves.
- Je ne sais pas où on va.
- Je suis sûr que tu es capable d'écouter un copi-
  lote.

Nous roulons une vingtaine de minutes. Celia me
guide. Cette voiture est une véritable merveille. Un vrai
plaisir à conduire. Même si je n'étais pas très à l'aise au
début, j'ai vite trouvé mes marques. Celia nous amène
dans une petite crêperie. Un endroit « atypique »
comme elle dit. Le restaurant n'est pas plein mais il y a
pas mal de monde. Nous nous installons à une table
pour deux, un petit peu à l'écart. Nous dînons. Simplement. Sans artifice. Encore une fois, nous parlons
de tout et de rien. Elle me raconte son quotidien au
boulot. J'apprends plein de choses et elle me confirme
par de nombreuses anecdotes que ce milieu est très
masculin. Beaucoup trop à mon goût pour Celia. Je
tente de lui expliquer en quoi consiste mon travail et je
crois qu'elle comprend. Elle me parle de ses dernières
rencontres. Elle les collectionne comparé à moi. Mais
visiblement, ça n'accroche jamais vraiment. Elle est

compliquée. Tout du moins, elle ne se donne pas vraiment les moyens de croiser le type de personne qu'elle ambitionne de trouver. Un véritable paradoxe ambulant. Elle ne veut pas de relation sérieuse mais elle se plaint de ne tomber que sur des hommes motivés uniquement par des romances d'un soir. Elle s'indigne que personne ne s'intéresse vraiment à elle mais refuse de parler trop d'elle. Elle se remémore un peu sa dernière histoire d'amour qui a duré sept ans. Mais je n'insiste pas, je ne la sens pas à l'aise. Le fait même qu'elle évoque ce point-là par elle-même est déjà une sacrée victoire. Il semblerait qu'elle s'ouvre. Je lui parle brièvement de mes dernières rencontres aussi. De Daphné principalement.

- Elle t'a tapé dans l'œil cette nana...
- Vite fait.
- Vite fait ou pas, ne dis pas que c'est pas vrai. Ça se sent quand tu parles d'elle.
- Oui enfin de toute façon, vu le peu de nouvelles que j'ai, je pense que ce n'est pas réciproque.

- Ce n'est pas à toi de provoquer un peu les choses ?
- J'ai largement rempli ma part du contrat si tu vois ce que je veux dire.
- Oui mais elle dans tout ça ? Elle pense la même chose ? Elle réalise que la balle est dans son camp ?
- Comment ça peut en être autrement ?
- On ne fonctionne pas toujours comme vous, nous, les nanas. Tu devrais t'assurer qu'elle a bien compris que tu l'attends avant de commencer à l'attendre.
- Oui peut-être. Je ne sais pas.
- Bah moi je sais. Et je pense qu'il faut que tu lui dises clairement tout ça.
- Oui chef.
- On lève l'ancre ?

À cet instant précis, je n'ai pas envie de bouger. Je suis avec Celia. Le restaurant s'est presque totalement vidé. Nous papotons comme si on se connaissait. C'est vraiment un sentiment étrange. Il y a deux jours ce n'était qu'un pseudo sur internet et quelques messages. De nombreux messages certes. Mais rien que des messages. Ce soir c'est une voix qui s'élève pour me dire de ne pas mettre Daphné tout de suite sur la touche. J'aurais voulu prolonger ce moment hors du temps encore longtemps. Mais je vois Celia avec des yeux fatigués. Pour être franc notre escapade sur le sentier m'a un peu atteint aussi.

- Oui, rentrons.

Nous avons rejoint la maison. J'ai laissé Celia conduire. Elle s'est isolée pour passer un coup de fil. Je me suis assis devant l'océan. Avec un café. Un petit moment de bonheur simple. Je réalise que je n'ai pensé ni à mon appartement ni au boulot ni à Lucie ni à Daphné ni à rien d'autre de négatif. C'est plaisant. Je discerne au loin Celia qui élève la voix. Je crois que le coup de fil n'est pas une partie de plaisir. Je l'entends sortir violemment de sa chambre. Elle me rejoint. Elle s'assied à côté de moi. Sans dire un mot. Je décide de rompre le malaise.

- Ça va ?
- Oui.
- OK.
- En fait, pas trop. C'était ma mère. Elle voulait que je passe demain. Je lui ai dit que j'étais ici. Elle a recommencé avec son baratin. Ça m'a énervée.
- Je vois.

Le silence est glacial. Seul le bruit de la mer vient perturber le calme complet. En réalité, je ne comprends pas grand-chose mais je ne veux pas trop poser de question.

- C'est la maison de ma grand-mère. Ma grand-mère paternelle.
- Et… C'est tendu entre ta mère et cette grand-mère ?
- C'est compliqué tout ça.
- Tu es certaine que ce n'est pas toi qui rends tout ça compliqué ?

Je sens Celia hésiter.

- Un matin, mon père est parti travailler, comme
si de rien n'était, il n'est jamais rentré. Ça fait
trente et un ans qu'on n'a pas eu le moindre
signe de vie. Ma mère pense que c'est une disparition volontaire. Elle ne s'en est jamais remise.
Moi non plus dans le fond. Mais à la différence
de ma mère, j'ai besoin du souvenir de mon
père. J'ai besoin de savoir qu'il a existé.

Je sens Celia touchée. Elle poursuit.

- Ma mère non. Elle ne veut plus entendre parler
de papa. À chaque fois que je l'évoque, on se dispute.

Elle marque un temps d'arrêt. Les larmes coulent
sur son visage. Elle pleure. J'ai une envie incommensu-
rable de la prendre dans mes bras. Je repousse cette envie le plus possible. Ce n'est pas le moment et on a con-
venu qu'il n'y aurait aucune ambiguïté.

- Et ta grand-mère dans tout ça ? Elle ne vit plus
ici ?

Elle souffle et essaye de reprendre un peu le dessus sur ses émotions.

- Elle est décédée il y a seize ans.
- Celia, je suis désolé, je ne savais pas.
- Faut pas. C'est elle que je suis « allé voir » ce matin. Après son départ, j'ai hérité de la maison. Son testament stipulait que j'étais seule héritière. Mon père étant probablement mort, c'était plus simple ainsi. J'avais dix-neuf ans, je commençais à peine à travailler mais je voulais à tout prix conserver cette maison. J'y ai passé de nombreuses vacances d'été quand j'étais petite. J'y ai plein de souvenirs. Et c'est finalement tout ce qui me reste de mon père. Mon oncle m'a aidé au début, mais il ne roulait pas sur l'or. Ça a été un moteur pour moi dans mon parcours professionnel. Il fallait que je gagne bien ma vie et vite sinon je ne pouvais pas garder la maison. Et puis il est décédé à son tour. Après sa disparition, ça n'a pas été simple mais j'ai réussi. La propriété

n'a pas été vendue. Ni elle ni le bateau. Le bateau de mon père.

- C'est toi qui finances tout ça ?
- Oui.
- Et tu n'y viens jamais ?
- Ça me coûte de venir. Émotionnellement parlant. À chaque fois, c'est une épreuve. Je me suis dit qu'avec toi ça serait sans doute plus facile. Et ça l'est. Je me sens bien ici. Ça faisait longtemps que ça n'avait pas été le cas.

Je laisse Celia parler. Je crois qu'elle en a besoin. Elle évoque ses souvenirs d'enfance, avec son père et sa grand-mère. Ses sorties en bateau, où elle prenait la barre comme une grande avec son papa derrière pour l'épauler. Elle mentionne ses repas sur la terrasse face à la mer. Je sens énormément de nostalgie dans ses propos. Je suis profondément touché par ce qu'elle me raconte. Parce que ses mots sont emplis d'amour et parce que c'est Celia. Elle qui ne dit jamais rien et qui fait un mystère de tout.

- Voilà, je crois que j'ai parlé de moi pour des an-
nées.
- Il semblerait oui…
- Ça me fait drôle.
- Ça s'appelle s'ouvrir. C'est une sensation nou-
velle pour toi Patate ! Tu verras, on s'y fait.
- Nianiania. Léo je suis lessivée de la journée et je
suis gelée, on va se coucher ?
- Oui, rentrons.

Elle me propose de prendre une couverture sup-
plémentaire car elle dit que la nuit va être fraîche. Elle
me donne la clef pour déverrouiller l'armoire de ma
chambre qui est fermée à clef « par habitude ». Je
l'ouvre et vois ce que je suis venu chercher. Je l'attrape.
Soudain, deux classeurs tombent et fracassent le sol.
J'entends Celia qui accourt.

- Léo, ça va ?
- Oui oui j'ai juste fait tomber ces classeurs en ré-
cupérant la couverture. Désolé. Qu'est-ce que
c'est ?

Je feuillette le premier classeur en même temps que je le ramasse. Je ne comprends pas tout, même pas grand-chose pour être honnête.

- Des vieux documents de mon père. Laisse ça.
- OK, je les remets en place. Celia ?
- Quoi ?
- Il faisait quoi ton père ?
- Il était enseignant chercheur à l'université.
- Dans quel domaine ?
- En mathématiques.

Je n'ai pas compris grand-chose de ce que j'ai vu dans ces classeurs mais le peu de choses que j'ai saisi m'a littéralement scotché.

Chapitre 9

Le plus joli des arbres

Ce matin, je me lève assez tôt, avant Celia. J'ai une idée en tête. Je prépare un petit déjeuner léger. Je dresse la table, sur la terrasse. Même s'il fait encore frais, il fait un temps magnifique, le fond de l'air va se réchauffer. Il y a un peu de vent, mais la mer est calme. J'ai de la chance, les éléments sont avec moi. Le café est prêt à couler, le pain prêt à être grillé et j'ai pressé quelques oranges. Je profite d'avoir du temps pour moi pour descendre dans l'entrée de la maison. J'ouvre la porte en face des escaliers. Bonne pioche, j'atterris dans le garage. Il y a une lampe à tirettes que j'actionne pour y voir plus clair. J'aperçois des cartons poussiéreux dans un coin. Je m'approche, l'envie me prend de regarder à l'intérieur. Je ne devrais pas. Tant pis. J'entre-ouvre le premier. Des photos. Je sors le premier cadre qui me tombe sous la main. Je souffle dessus violemment pour enlever la poussière. C'est une photographie de famille. Au centre, une dame, déjà un peu âgée. Autour d'elle, deux hommes. Fort à parier qu'il s'agit de la grand-mère de Celia et de ses deux fils. L'homme de droite tient une jeune femme par la taille. Devant eux, une petite fille blonde. Pas de doute, c'est Celia. On la reconnaît. Les mêmes yeux. Seulement ici, pas d'air sévère. Beaucoup d'innocence. Son père est grand, brun et bien bâti. Une force de la nature. Sa mère est ravissante. Je comprends mieux d'où Celia tient son charme fou. Je remets consciencieusement la photo en place, je ne suis pas là pour ça. De l'autre côté des cartons, un vieil établi avec des outils au mur. Ils n'ont pas dû bouger depuis un moment. Il y a une couche impressionnante de poussière. Au fond du garage, je le vois. Ce que je venais chercher. Assez petit, rouge, avec deux rames. À première vue, lui non plus n'a pas servi récemment. Mais il fera sans doute l'affaire. Brusquement, j'entends du bruit provenant de l'étage. Celia doit se lever, il faut que je plie bagage. J'éteins en vitesse la lumière et je quitte la pièce. Pour ne pas éveiller de soupçons, je décide de ne pas remonter mais de sortir. Je pourrai prétexter un tour aux alentours de la maison. Je descends les escaliers qui mènent vers la mer puis je m'excentre le plus possible pour me permettre de voir un peu au-dessus de moi. J'aperçois Celia déambuler sur la terrasse et découvrir la table déjà mise. Je la regarde tourner autour. Elle s'arrête quelques instants devant l'océan. Elle ferme les yeux et penche sa tête en arrière, appuyée sur le rebord. Le soleil, encore bas, est masqué par sa silhouette. Je ne discerne plus qu'une ombre pendant une fraction de seconde. Son corps se dessine au milieu du ciel bleu. Elle relâche sa posture et ouvre de nouveau les yeux. Elle m'aperçoit en train de la fixer. Elle met les mains autour de sa bouche pour diriger ses paroles.

- Qu'est-ce tu fabriques là Scodi ?

De façon grossière pour me moquer d'elle je place aussi mes mains autour de la bouche.

- J'hésitais à piquer une tête.
- Et alors ?
- Non.
- Poule mouillée.
- Totalement.

En montrant la table de la terrasse, elle reprend

- Ça y est monsieur Scodineri prend ses aises !
- Sans aucune gêne oui !
- J'aime beaucoup l'idée. Aller remonte, j'ai faim. On ne fait pas attendre une jolie blonde qui se réveille.

Nous sommes côte à côte face à l'océan. Un café devant nous. Je ne fais plus attention à la véracité de ce que je vis depuis vendredi soir. Mais tout de même, je me fais la remarque : cette scène est totalement folle. Celia évoque les possibles programmes du jour. Elle me demande ce que je préfère.

- Pour être honnête avec toi, j'avais autre chose en tête, rétorqué-je.
- Quoi donc ?

- Une ballade.
- Ah. Tu voulais me faire découvrir le coin ? dit-elle en reposant sa tasse de café avec moquerie.
- En quelque sorte.
- Je te laisse les clefs de la voiture alors, c'est toi qui pilotes !
- En fait, on n'en a pas besoin.
- Tu sais, à part le chemin du sentier d'hier, il n'y a pas grand-chose d'intéressant à faire à pied.
- Je pensais plutôt à ça.

Je montre ce qu'il y a sous la terrasse. Je vois son visage changer.

- Je t'arrête tout de suite. Je conserve le bateau parce qu'il était cher à mon père, mais je ne sais pas du tout m'en servir. Je n'ai jamais eu le pied marin. Et puis je ne suis jamais remontée dessus depuis très longtemps.
- Je ne te demande pas de prendre la barre, je te demande de me suivre.

Je suis complètement excité à l'idée de naviguer une nouvelle fois sur un bateau. Plus jeune j'ai fait énormément de voile. Et puis après du voilier. C'est mon père qui m'a initié. Ces papas décidément... Il a toujours adoré ça. La voile. Il rêvait d'avoir un bateau. Alors il m'a fait pratiquer quand j'étais petit. Et puis il a eu des problèmes de santé qui lui ont interdit de prendre la barre. Il m'a poussé et c'est moi qui finalement ai navigué pendant des années. Même s'il ne prenait pas les commandes, il avait son voilier. On a vogué en famille chaque fois qu'on le pouvait pendant des années. Jusqu'à ce que ses problèmes de santé ne le clouent définitivement au sol. On a revendu le bateau. Je garde de cette période d'excellents souvenirs. Ça fait un moment que je ne suis pas remonté sur un voilier. Mais ce n'est pas grave, j'ai envie de faire ce cadeau à Celia, et ça ne s'oublie pas tellement, il paraît. Celia a accepté l'idée après lui avoir expliqué pourquoi je pouvais nous emmener en voilier tous les deux. J'ai sorti la petite barque rouge du garage. Elle nous transportera jusqu'au bateau sans problème. J'attends Celia qui se prépare. Je suis assis sur le ponton, les pieds dans l'eau. Elle n'est pas très chaude.

- J'ai fait des sandwichs. Au moins si on se perd, on aura de quoi manger.
- La confiance règne !
- Une confiance aveugle.

Je manœuvre la barque jusqu'au bateau. J'aide Celia à grimper sur le voilier. Plus pour la forme qu'autre chose, car elle est très débrouillarde. Il y a des restes indéniables de ses escapades avec son père. Je monte à mon tour. Il est dans un état impeccable. Je fais un tour. Tout est là, prêt à être utilisé. Je rassure Celia.

- Tout est parfait. Il est superbement entretenu.
- Tant mieux.
- Ça va ?
- Oui oui. Très bien même. Ça me fait juste bizarre d'être ici. Je ne suis pas remonté sur ce pont depuis plus de trente ans.

J'ai préparé le bateau et on est parti. Les conditions sont optimales pour naviguer tranquillement. J'ai rapidement retrouvé mes marques. Au bout d'une heure de manœuvres, j'étais de nouveau en terrain conquis. Celia m'a observé au début. Et puis elle a compris que je savais ce que je faisais alors elle a fini par profiter du moment plus que de moi. Elle m'oriente un peu, elle veut repasser dans des endroits qu'elle a vus du haut de ses 5 ans. Une nouvelle fois, on sent que quelque chose à l'intérieur d'elle se rallume. Elle est souriante. Je retrouve la petite fille de la photo de ce matin. En début d'après-midi, nous nous arrêtons près d'une plage déserte.

- Il me semble que nous venions souvent ici avec mon père. L'endroit est difficilement accessible autrement qu'en bateau. C'est plutôt un coin tranquille. Tu as faim ?
- Oui !

Je sens Celia particulièrement détendue. C'est sans doute un moment opportun pour l'amener à se livrer un peu. Elle me tend un sandwich.

- Merci. Tu es sûre que ça va ? Tu n'es pas très bavarde.
- Oui ça va. Je pense à mon père.

Elle regarde vers l'horizon.

- Tu crois qu'un jour je saurais vraiment ?
- Tu ne sais absolument rien de son départ ?
- Simplement ce que je t'ai dit ! Un matin, il est parti travailler, il n'est jamais revenu.
- Mais il n'y a pas eu de signalement à la police ? Pas de recherche ? Rien ?
- Lorsque ma mère ne l'a pas vu rentrer le soir, elle a pensé à un accident. Elle a appelé ses amis, ses collègues, ses proches et les hôpitaux. Mais rien. Elle a signalé la disparition. À l'époque ils n'avaient pas les mêmes moyens techniques qu'aujourd'hui. Elle n'a pas été jugée inquiétante. Et les recherches se sont arrêtées. C'est à peu près tout ce que je sais.
- Et ta mère ne t'a jamais fait part de son intuition sur tout ça ?

- On ne discute pas de ça. Ma mère ne veut plus en entendre parler. Elle a refait sa vie depuis et a eu deux autres enfants. C'est du passé pour elle. Pas pour moi. Enfin pas comme elle. Oui, c'est du passé. Mais ça reste mon père. Je ne peux pas faire comme s'il n'avait pas existé. Parfois, je me demande à quoi bon tout ça. S'il est décédé, il n'en reviendra pas. S'il est parti de son plein gré en nous abandonnant moi et maman, il ne mérite aucune considération de ma part.

- La vérité est toujours préférable au reste même si elle peut être difficile.

- Oui. Sans doute. Mais je présume que je ne saurai jamais de toute façon.

- Il aimait son travail ?

- Oui je crois. En tout cas, ma mère râlait souvent parce qu'il faisait toujours plus que la norme.

- Tu te rappelles sur quoi il travaillait ?

- Pas du tout. J'avais 5 ans Léo...

- Tu m'autoriserais à jeter un œil sur les classeurs d'hier soir ?

- Oui si tu y tiens. Je sais pas pourquoi je garde ces trucs. Je ne me souvenais même plus que c'était là. Au décès de ma grand-mère, j'ai mis toutes ses affaires dans des cartons. Je n'ai rien jeté mais je n'y ai jamais touché depuis. Pourquoi tu veux regarder ces vieux machins ?
- Pour voir un peu ce qu'il faisait.
- Si ça te fait plaisir…
- Il ne faudra pas trop tarder à se rapprocher de la maison, la météo est en train de changer. Mieux vaut être prudent. Et puis la marée ne nous laisse pas trop le choix de toute manière.
- Rassurant.
- Fais pas cette tête Patate, rien de grave ! Juste de la prudence.

Nous sommes revenus sur nos pas. Le temps a effectivement un peu tourné mais rien de très menaçant. Depuis hier soir, j'ai pas mal resongé à ce que j'ai vu dans ces classeurs. C'était très succinct et je pense que ça vaut le coup de rejeter un œil. Surtout si Celia est d'accord, je ne vais pas me gêner. Sur le chemin, elle me demande mon avis sur Attrape Un Garçon. Elle n'a pas été déçue. Je suis surpris de voir qu'elle me rejoint sur bon nombre de points à ce sujet. Elle m'a d'ailleurs dit qu'elle allait supprimer son compte. Les rencontres qu'elle fait ne sont pas probantes. J'aurais bien aimé qu'elle cite une ou deux exceptions à cette règle mais ça n'a pas été le cas. Sympa pour moi. Même si j'ai bien compris que je ne suis pas son genre, elle aurait pu au moins souligner que certaines rencontres ont été intéressantes ! Il va falloir penser à notre retour à Paris. L'idée ne m'enchante pas beaucoup. Retrouver mon quotidien du moment n'est pas forcément une partie de plaisir. Il faut gérer le petit incident de mon appartement, reprendre le boulot où la période des congés augmente un peu plus encore la charge de travail, il faut aussi que je m'occupe du cas Daphné. Ce qu'a dit Celia est sans doute vrai. Il faut que je mette davantage les pieds dans le plat. Il faut qu'elle sache que la balle est dans son camp. Elle me plaît beaucoup, je ne peux pas le nier. Elle est tout le temps souriante, tout le temps rayonnante. Elle dégage une élégance folle. Et j'ai le sentiment qu'elle est prête à ce qu'on aille un peu plus loin. Je me trompe peut-être. Il faudrait qu'elle se « Ce-liaïse » sur certains aspects. Qu'elle me dise clairement ce qu'elle veut de moi. Par contre si elle peut éviter d'hériter trop du reste de Celia, c'est une bonne chose. Conserver son élégance et ne pas tomber dans les côtés séducteurs à outrance de Celia. Ne pas tomber dans des tas de paradoxes qui la rendraient complexe. Conserver sa simplicité. En pensant à tout ça, je réalise que Celia possède derrière sa carapace quelques aspects que je ne soupçonnais pas. Dans le fond, il y a de jolies choses en elle. Simplement, il faudrait qu'elle sache faire tomber cette carapace de temps en temps. Il faudrait qu'elle soit plus accessible aussi. Il faudrait qu'elle arrête d'être sur une ligne constamment changeante. À la fin, c'est fatigant de ne plus savoir à qui on a à faire. Mais bon, on ne refait pas les gens. Et peut-être qu'après notre week-end elle sera davantage la Celia que j'ai vu ici plus que la Celia que j'avais aperçue jusqu'à maintenant. Le temps de divaguer dans mes pensées, nous sommes arrivés à notre point de départ. Je sens Celia heureuse de notre escapade mais contente de rentrer sur la terre ferme aussi. Je prépare le bateau pour sa prochaine période de sédentarité puis nous rejoignons le ponton. Celia me donne un coup de main pour sortir la barque et la ranger dans le garage. Je n'évoque volontairement pas les cartons devant lesquels nous passons. Il est déjà 17 h 30. Elle va se préparer et commencer à mettre de l'ordre dans la maison. Je profite de ce moment pour consulter de nouveau les classeurs de son père avec sa permission. Avec plus de temps, ça serait sans doute plus clair dans mon esprit. Après quelques minutes à parcourir ces notes, forcé de constater que ce n'est pas le cas. Je prends tout de même quelques pages en photos discrètement, celles qui me semblent être les plus intéressantes. Il va falloir que j'ôte certains doutes de mon esprit.

Il est 20 h passé. Celia claque la porte de la maison. Elle approche de la voiture avec sa valise. Elle a revêtu le masque de la sévérité. Sur son visage, tout semble s'être éteint. J'avance vers elle pour lui prendre son bagage. Elle me laisse faire. Elle déverrouille le véhicule, j'ouvre le coffre pour y mettre nos affaires. Lorsque je le referme, je la vois fixer la maison.

- Celia ?
- Hmmm… marmonne-t-elle sans détourner le regard.
- Merci de m'avoir embarqué. Merci d'être venu vendredi soir. Merci d'avoir cassé les codes. Merci d'avoir osé. Merci pour tout ça.

Elle me dévisage. Elle semble un peu surprise par ce que je viens de lui dire. Elle marque une pause puis fixe les clefs qui sont dans sa main.

- Suis-moi.

Elle s'éloigne de la voiture. Elle s'enfonce dans le début de la forêt avec automatisme. Je la suis encore au pas de course. Décidément, ça devient une habitude. Elle s'arrête devant un arbre.

- Quand j'étais enfant, ma grand-mère avait un rituel. Elle me prenait en photographie à côté de cet arbre. Petite, il paraît que je l'avais désigné comme le « plus joli des arbres ». C'est resté. Baisse-toi et plonge ta main dans le trou.

Je m'exécute, sans trop poser de questions encore une fois. Je glisse mes doigts dans ce qui ressemble à un terrier creusé au sein même de l'arbre. Au sol, je sens ce qui s'apparente à une petite boîte.

- Sors le coffret, dit-elle.

Je sors donc ce que je trouve. Il s'agit effectivement d'un coffret en bois, usé par le temps.

- Ouvre-le.

Je découvre la photo d'une petite fille à côté d'un arbre. Une petite fille blonde souriante aux yeux marron. Une petite fille aux yeux marron pleine d'insouciance. La même petite fille que celle que je vois sur tous les clichés ici.

- C'est toi…
- Oui. L'année de la disparition de mon père.
- Je te reconnaîtrai entre mille petites filles…

Celia dépose les clefs à l'intérieur du coffret.

- Personne ne connaît ce coffret tu es le premier à qui je le montre.
- Qu'est-ce que je dois comprendre ?
- Rien. Simplement si un jour tu passes dans le coin et que l'envie te prend, tu sauras. Et puis ce sera notre secret. Voilà une chose qu'on partagera longtemps. Les souvenirs sont de moins en moins fiables lorsqu'il s'agit de laisser des traces.
- Un jour, il faudra vraiment que tu me donnes la notice. Il y a des facettes, chez toi, que je ne comprendrai jamais.
- Elle a été égarée il y a bien des années.

On retourne sur nos pas, en silence, jusqu'à la voiture.

- Léo, tu veux bien prendre le volant ? Je suis pas d'humeur.
- Oui, ne t'en fais pas.

Celia m'a guidé jusqu'à l'autoroute mais elle était ailleurs. Comme si elle était restée devant cette maison, devant l'arbre. Comme si elle avait refusé de monter dans cette voiture pour rentrer à Paris. Très vite, elle s'est endormie. Elle a baissé la garde. Je pense que le week-end a remué beaucoup d'anciens souvenirs chez elle. Je ne peux qu'imaginer ce que ça lui a fait de revenir ici. Je roule avec moi-même pendant plusieurs heures. Ça ne me déplaît pas. Celia semble apaisée dans son sommeil. Même quand elle dort, elle est jolie. Elle ressemble à la petite Celia à côté de l'arbre sur la photo du coffret. Je me repasse le film de ce week-end. C'était vraiment chouette. Je ne sais toujours pas vraiment pourquoi, dans le fond, Celia m'a traîné avec elle dans cette maison. Peut-être a-t-elle senti que je serai un compagnon idéal pour l'aventure qu'elle voulait mener. Peut-être a-t-elle senti que j'avais besoin de changer d'air. Peut-être que j'étais simplement la seule compagnie disponible lorsque, sur un coup de tête, elle a décidé d'aller voir la mer. Toujours est-il que je comprends à mesure que j'avale les kilomètres au volant de cette voiture que ce week-end restera comme un épisode marquant. Une parenthèse inattendue. Un truc à part. Je crois que peu de personnes peuvent se vanter d'avoir vécu un tel moment. Partir avec une quasi-inconnue raviver un peu la mémoire d'une famille qui n'est pas la sienne. Je pourrai raconter que j'ai expérimenté quelque chose dans ce genre-là. Ça n'a pas de prix. En pensant à tout ça, je sens une chaleur monter dans mon ventre. Je prendrai soin de ce souvenir. Il aura une place de choix, peut-être même la meilleure. C'est une promesse que je me fais. Tout ça montre aussi une chose. Parfois, la réflexion a ses limites. Bien sûr il en faut, bien sûr qu'on ne peut pas toujours tout faire à l'intuition sans une pointe de raisonnement. Mais si Celia avait spéculé longtemps, serait-elle venue vendredi soir à l'aéroport ? C'est très peu probable. Et si j'avais moi réfléchi, comme à mon habitude, avant de la suivre, l'aurais-je suivi ?

J'arrive sur Paris. Celia dort toujours à poings fermés. Je ne sais pas où elle habite. Je n'ai pas envie de la réveiller. Je navigue dans les menus du GPS de la voiture. Je trouve une destination prérenseignée « Maison ». Je la sélectionne. Le système est bien fait, il demande un mot de passe. 7 lettres. Je crois que je vais vraiment devoir l'extraire de son sommeil. Je fais une première tentative. C'est un échec. Mon test fait 8 lettres. J'essaye une dernière chose. Je rentre les lettres une par une. L. A. M. A. D. R. A. Le système valide la saisie. C'était statistiquement improbable. Parfois, rien n'est rationnel. Je vais jusqu'à la destination indiquée par la voiture. J'arrive à mon point de chute. Là, pas le choix, il va falloir la sortir de son sommeil. Je m'arrête devant l'entrée du parking. Quelques secondes après, la porte s'ouvre toute seule. Il faudra m'expliquer. Bref. J'engage le véhicule dans la descente. Je le stoppe. Je regarde une dernière fois ma passagère dans les bras de Morphée. La plus jolie blonde de Paris est de retour. Je pose ma main sur son épaule délicatement.

- Celia ?

Je la secoue le plus doucement du monde.

- Celia, on est à Paris.

Elle émerge petit à petit. Et se redresse.

- On est où ?
- Chez toi ! Enfin dans ton parking.
- Quoi ? Comment c'est possible ?
- Tu n'es plus seule détentrice de tes secrets.

Je l'ai laissé m'indiquer où garer la voiture. Elle a insisté pour me déposer chez moi. J'ai refusé, elle semblait morte de fatigue.

- Ne t'en fais pas, je vais attraper un taxi. Rentre tranquillement chez toi.
- Merci.

Je sors de l'habitacle et extirpe sa valise du coffre.

- Voilà Madame Bulle. Oui parce que ce soir tu redeviens Madame Bulle non ?

- Oui Scodineri.
- Bonne nuit.

Je glisse un bisou sur sa joue encore marqué par la portière de la voiture sur laquelle sa tête était appuyée pendant presque tout le trajet. Scodineri et Madame Bulle reprennent leurs vies comme si de rien n'était.

Chapitre 10

Plats du jour

Je pars courir comme à mon habitude. Il fait gris et frais. C'est une journée d'été assez maussade comme Paris peut en offrir au mois de juillet. Je vois autour de moi beaucoup de gens qui ont ressorti des vestes et des manteaux. La Seine est morose et repoussante. Elle aussi, parfois, sait montrer plusieurs facettes. Sur mon trajet, je repense à ce week-end. Maintenant qu'il est terminé, je me laisse le droit de réaliser. Je n'ai pas eu de nouvelles de Celia. Je n'ai même pas son numéro de téléphone… Tout est arrivé tellement vite que rien ne s'est produit normalement. J'aime beaucoup cette idée. Si elle supprime son compte sur Attrape Un Garçon, je ne pourrais plus la joindre.

Étrange sensation. Sans doute me laissera-t-elle un moyen de la contacter d'une façon ou d'une autre. Je l'espère. Les travaux dans mon appartement doivent commencer dans la semaine. L'occasion pour moi de passer quelques jours avec mes parents. Je ne sais pas encore si je vais dire à mon père que j'ai repris la barre d'un voilier. J'aimerais. Mais ma mère va me poser d'innombrables questions à propos du week-end breton. Questions auxquelles je n'ai 1) aucune vraie réponse et 2) pas envie de lui répondre de toute façon. Elle ne comprendrait pas. Je ne lui en veux pas pour ça. Il faudrait que je mente sur ces deux jours et l'idée ne m'enchante pas. Je ne dirai donc rien. Je me demande d'ailleurs si ça ne devrait pas être la règle avec Celia. Garder tout cela pour moi et ne pas en parler. Cette histoire est tellement alambiquée que la rendre discrète est peut-être ce qu'il y a de mieux à faire. C'est décidé, je m'occupe aussi du dossier Daphné. Il faut que je mette les pieds dans le plat. Comme disait Celia, il faut que je sois certain qu'elle ait compris que la balle est dans son camp. Je ne veux pas qu'elle puisse se cacher derrière un quiproquo. Je vais provoquer un rendez-vous. Bien sûr, je ne lui dirai pas ce qui l'attend. J'ai d'ailleurs une idée précise sur ce que je vais préparer. Je ne veux pas qu'elle puisse fuir de quelque façon que ce soit. Je termine ma course. Le sentiment de n'avoir pas beaucoup forcé aujourd'hui. J'étais perdu dans mes pensées plus que d'habitude. Cette fois-ci, je ne me serais pas beaucoup vidé la tête, c'est tout l'inverse. Mais parfois, il faut laisser aller ses esprits, même si c'est cogiter plus que de raison.

J'arrive au travail comme à mon habitude, petit regard à Martine. Une envie me prend. Je passe tous les jours devant elle, elle s'occupe de plein de choses pour nous ici. Mais dans le fond je ne la connais pas. Ce matin, je vais faire mieux que lui rendre un sourire.

- Martine… Vous allez bien ?
- Oui mon chéri. Tu as une petite tête.
- Week-end éprouvant… Dites-moi Martine, quels sont vos horaires de pause le midi ?
- De 12 h 30 à 13 h 30. Les coursiers c'est 12 h dernier carat et pas avant 14 h. Je les connais

ceux-là. Vous leur donnez ça, ils vous prennent tout le reste.

- Je le saurai pour la prochaine fois. Je passe donc vous prendre à 12 h 25 ?
- De quoi as-tu besoin mon petit loup ?
- Je vous emmène déjeuner ! Enfin si vous êtes libre bien entendu !
- Oui, je le suis… dit-elle assez décontenancée.
- Alors, soyez à l'heure !

Je file assez vite. Je pense que Martine ne s'attendait pas à ça et c'est tant mieux. J'arrive à mon poste. Le temps de me faire un café, je démarre mon ordinateur. Machinalement je vais sur Facebook comme à mon habitude. 120 messages non lus ! Mince ! J'ai complètement déconnecté. Je n'ai même pas envoyé de textos aux uns et aux autres. Je parcours en diagonale le fil de la conversation. Je comprends que tout va bien pour Lucie, que Romain demande si je suis mort et qu'il n'est pas rassuré quand Lucie parle de Bretagne. Sans réfléchir je tape :

> *Je n'ai pas le temps de tout lire. QG ce soir,*
> *19 h 30.*

Au moment d'appuyer sur « Entrée », je me ravise et réalise que les choses ont changé. Je presse sur la touche arrière pour modifier ma phrase.

> *Je n'ai pas le temps de tout lire, je vous raconte*
> *plus tard. Tout va très bien. La bise à tous les deux.*

Il va falloir que je me fasse à l'idée que Lucie ne sera plus là au QG à 19 h 30 en pleine semaine. En fin de matinée, je reçois un texto de Romain.

> *Hello l'ami. Dis donc je crois que tu as des*
> *trucs à me raconter, QG demain soir ?*
>
> *Salut ! Oui… Mais rien d'extraordinaire non*
> *plus. Guitare ce soir ?*
>
> *Non pas de guitare c'est les vacances, reprise en*
> *septembre.*

Alors QG ce soir !

Encore mieux.

Je n'aime pas l'idée que Lucie ne soit plus intégrée à nos échanges. En même temps, je ne veux pas qu'elle culpabilise d'apercevoir qu'on s'est vu avec Léo au QG sans elle. La période de transition ne va pas être simple. Je fais un mot à Lucie dans la foulée.

Bonjour ma chère canadienne. J'aurais aimé t'appeler mais c'est difficile avec le décalage horaire. Je te fais un mail ce soir pour te raconter mon escapade bretonne. J'espère que tout va, je vais lire les messages de ce week-end pour avoir les détails. Je te bise

- Je vais prendre le plat du jour
- Deux !

Je tends les deux cartes au serveur.

- Tu sais mon lapin, ça me fait tout drôle de déjeuner avec toi, mais ça me fait très plaisir.
- Vous savez Martine, je crois que jamais je ne vous ai aperçue de mauvaise humeur depuis que je travaille ici. Vous êtes mon bonheur du matin.

Je sens Martine un peu gênée. Je reprends vite pour ne pas renforcer son embarras.

- Depuis combien d'années vous êtes ici ?
- Ça va faire trente-neuf ans en octobre.
- C'est dingue.
- Je n'ai pas vu le temps passer. Les années ont défilé sans que je puisse m'en rendre compte.
- Des carrières comme la vôtre ça n'existera plus pour ma génération.
- Il est certain que tout a bien changé. Autant je n'ai pas vu les années se succéder, autant j'ai constaté les changements se produire. L'état

d'esprit, les collaborateurs, les nouveaux, les anciens, tout ça ce n'est plus comme avant. C'est indéniable.

- Ça doit vous faire drôle.
- Tu sais je n'y fais plus vraiment attention, je suis au-dessus de tout ça. Ce qui m'intéresse c'est terminer les quelques années qui me restent sans me soucier de la futilité des détails, je veux juste me faire plaisir.
- Qui vous le reprocherait ?
- Notre hiérarchie ! Mais, mon lapin, je m'en moque.

Le serveur revient avec deux belles assiettes.

- Martine, j'ai une question un peu personnelle à vous poser.
- Vas-y mon chéri.
- Vous êtes heureuse ?
- J'ai un mari qui me supporte depuis 45 ans, deux enfants et quatre petits-enfants. Que veux-tu de plus ?
- C'est sans doute beaucoup de bonheur oui !

- Je suis comblée.
- Et…

J'hésite. Elle relève la tête et me fixe.

- Et vous avez des regrets en regardant derrière vous ?
- Mon petit Léo, je ne te pensais pas si philosophe !
- Désolé Martine, c'est déplacé.
- Pas du tout ! C'est simplement atypique ! Quand je vois débarquer de nouveaux arrivants dans nos bureaux, ils n'ont pas la barbe du philosophe. Alors je suis étonnée que tu me demandes ça, toi qui représente la jeune génération.
- Vous n'avez pas tort.
- Oui, j'en ai.
- Pardon ?
- Des regrets, j'en ai. On ne réussit pas tout dans une vie. Sinon on en ferait bien vite le tour. Tu sais mon chéri, les regrets sont des taches indélébiles de notre passé. Bien qu'on dise qu'avec le temps tout s'estompe, qu'on apprend à gérer. Il

paraît même que parfois on oublie ! Ce sont des bêtises qu'on raconte à nos enfants. Rien n'est plus difficile qu'un regret. On fait avec pour ne pas qu'ils ne polluent trop notre présent, on s'en débrouille. Mais dans le fond… Ce n'est pas si simple. Pourquoi cette demande ?

- Comme ça, vous savez, il m'arrive parfois de me poser de drôles de questions.

Elle sourit affectueusement.

- Mon petit Léo, tu t'en poses manifestement beaucoup trop. Tu es jeune, profites-en.
- L'un n'empêche pas l'autre !
- Mais je vais te donner un conseil. Quelque chose que j'ai mis presque soixante ans à comprendre. La seule chose qui permet de se prémunir des regrets c'est d'avoir la certitude qu'on a fait tout ce qu'on pouvait pour les éviter. De faire ce qu'il faut, plus encore, de faire son maximum. Si tu arrives à faire cela, tu auras les regrets les plus inoffensifs qui soient.

Je crois avoir entendu ce que j'espérais entendre.

Je suis dans le métro. Direction le QG. Je rassemble un peu mes idées. Qu'est-ce que je raconte à Romain ? Toute la vérité ? Pour une raison inconnue, je n'en ai pas envie. Peut-être qu'inconsciemment je cherche à garder ce week-end pour moi. Je ne me vois pas non plus duper Romain, et donc Lucie. L'un ne va pas sans l'autre. Je crois que je vais raconter la vérité. Simplement, la « dream team » n'a pas besoin d'avoir tous les détails. Juste les grandes lignes. Ne pas mentir, mais garder quelques zones d'ombres approximatives. Voilà un compromis qui me semble acceptable. Je vais partir sur cette ligne. Il faut impérativement que je mémorise ce que je vais dire à Romain, il faut absolument que je raconte la même chose à Lucie. Ne pas s'emmêler les pinceaux dans mon jeu d'équilibriste. En parlant d'équilibrisme, je dois envoyer un SMS à Daphné.

Coucou Daphné ! J'espère que tu vas bien. Et ce livre ? Emballée ? Ça fait un moment qu'on ne s'est pas croisé ! Tu serais dispo un soir dans la semaine ? La bise.

Je descends de la rame du métro, remonte les couloirs pour trouver les escaliers qui m'amènent à l'air libre. Je traverse le boulevard. Je marche quelques courtes minutes pour arriver devant Beaubourg et le QG. Par réflexe, je la cherche du regard. Où est-elle ? Décidément, je ne m'y fais pas. Elle ne sera pas en avance ce soir. Elle est au Canada. Lucie est partout depuis qu'elle est partie. Je m'installe donc à l'intérieur, il fait froid. Je pose mon téléphone sur la table et guette l'arrivée de Romain. Je fixe le centre Pompidou et repense à quelques souvenirs de la fac avec mes deux acolytes. Je repense aussi à mon déjeuner de ce midi. La bonne humeur générale dans laquelle nous avons fini notre repas avec Martine. C'est une sacrée femme. Je songe à ce qu'elle m'a dit. Des regrets ? Je parcours les quelques moments marquants de ma vie. Les moins agréables d'entre eux. Je ne crois pas avoir de regrets. En tout cas, je ne pense pas voir de « taches indélébiles » comme Martine dit. C'est sans doute un bon signe. Soudain, je suis tiré de ma rêverie par mon téléphone qui vibre. C'est Daphné qui répond. Tiens, elle n'est donc pas morte !

Bonsoir Léo ! Oui tout va et toi ? C'est un peu le rush en ce moment. Je suis probablement dispo demain soir. Mais on fera simple car la semaine de boulot est chargée alors il faut que je sois en forme. Ça irait pour toi ?

Je réponds dans l'instant, plus de manière.

Oui c'est parfait demain. Je te laisse me dire ce qui t'arrange le mieux pour l'heure et l'endroit. Profite bien de ta soirée.

Demain soir c'est très bien. Juste le temps pour moi de préparer ce que j'ai à préparer. Je vois Romain arriver par la baie vitrée. Il m'aperçoit et me fait un grand signe. Il arbore son sourire de « toi tu as des trucs à me raconter ».

- Alors le breton ? La forme ? T'as pris des couleurs ! Tu es sûr que c'est en Bretagne que tu es allé ?
- Salut ! Oui ça va. Il fait tout le temps beau en Bretagne !

On évoque Lucie. Il me résume la conversation de ce week-end que je n'ai pas eu l'occasion de déterrer. Tout va bien pour elle, elle loge chez une amie installée là-bas et d'après Romain elle a vraiment la pêche. Il parle de son voyage de noces inversé. Il part jeudi. J'avais complètement oublié ! Visiblement, tout est prêt de son côté, il commence à stresser. Oui oui vous avez bien lu, Romain stresse. L'accalmie est de courte durée, le sujet de la Bretagne revient très vite sur le tapis.

- C'est quoi cette histoire de Bretagne ? Raconte un peu !
- C'est long et compliqué…
- J'ai tout mon temps, Clémentine n'est pas là ce soir, et je suis un garçon très intelligent.
- Très bien.
- Donc ?
- Donc après ton départ de l'aéroport vendredi, j'ai traîné quelques minutes pour envoyer un texto à Lucie et je sais plus trop quoi. Quelqu'un

est venu me trouver. Une rencontre. Enfin une non-rencontre. Un truc compliqué quoi.

- Doria, reprit-il, elle avait raison !
- Quoi « Doria » ?
- Lucie ! Elle m'a parlé d'une Doria qui t'avait tapé dans l'œil ! Elle a parié qu'elle était dans l'histoire de la Bretagne.
- La cafteuse… Ce n'est pas Doria. C'est Daphné. Celle avec qui j'ai ramassé mon plafond. Et non, ce n'est pas elle. Celle qui est venue à l'aéroport c'est Celia.

Vous vous souvenez de la ligne que j'avais choisie ? Celle qui consistait à ne pas tout dire mais sans mentir. Celle qui était basée sur un compromis. Celle que j'avais validée dans le métro avant de venir. Eh bien je ne l'ai absolument pas suivie. Pas même quelques secondes. J'ai tout livré à Romain. Dans le moindre détail. Chaque instant, chaque impression, chaque échange. C'est Romain que j'avais en face de moi, comment lui raconter autre chose… Et j'ai repensé à Martine et aux regrets. Mon monologue a duré plus d'une heure. Il ne m'a pas arrêté. Il m'a laissé parler du début à la fin. Quand j'ai terminé mon propos, il a cru à une blague, à une histoire inventée de toute pièce. Et puis, petit à petit, il a compris que ce n'était pas le cas. Il a compris, dans la façon que j'ai eue de la raconter, que je n'aurais jamais pu inventer une histoire pareille. Je l'ai senti un peu dérangé par ce que je venais de lui relater. Comme si le grand pudique qu'il est ne savait pas trop comment recevoir ce que je venais de lui adresser. Il n'a pas posé de questions.

Une fois chez moi, l'inspiration n'a pas été simple à trouver, mais j'ai bouclé mes préparatifs pour mon rendez-vous avec Daphné. Le fait d'avoir tout raconté à Romain m'a replongé dans mon week-end.

Elles sont prêtes, les deux.

Maintenant, il n'y a plus qu'à attendre. Peu importe ce qu'il se passera ensuite. J'aurai fait tout ce que je pouvais, et j'en suis content. Je pense qu'elle sera surprise. Voire même gênée. Ce n'est ni plus ni moins que l'effet escompté. Je veux qu'elle sorte de sa zone de confort, qu'elle sorte de sa cachette. Elle n'aura pas trop le choix. Je prépare déjà dans mon esprit ce que je vais lui dire de vive voix. Je m'imagine la scène et répète plusieurs fois ma partition. Il faut que je sois irréprochable. Je choisis mes mots, je pèse mes attaques et place les ouvertures. Au bout de plusieurs essais, rien ne me plaît vraiment. Ça manque de spontanéité et il me faut accepter que je ne peux pas tout prévoir. Son regard quand je lui parlerai. Son langage corporel aussi. Est-ce que ses yeux souriront toujours ? M'écoutera-t-elle ou fuira-t-elle mes mots ? C'est décidé, demain, j'improviserai. Je me fais confiance. Je décide de mettre plutôt mes derniers efforts de la journée dans le mail que j'ai promis à Lucie. Je refais, une nouvelle fois, le film de mon week-end. Je lui raconte aussi tout sans concession. Je me dois de lui dire la même chose qu'à Romain. Elle aurait dû être là, présente avec nous, au QG. Je tiens à partager la même chose avec elle. Le fait de tout poser par écrit est encore plus fort. J'ai le sentiment aussi de figer mes souvenirs pour un long moment. Le pouvoir des mots. Peut-être que ce mail se perdra pour Lucie. Mais de mon côté, je saurais le retrouver si un jour j'en ai besoin. Je mets un point final à mon pavé. Je me connecte rapidement sur Attrape Un Garçon. Elle est en ligne ! 1) elle m'avait dit qu'elle songeait à supprimer son compte, elle ne l'a pas encore fait. 2) elle ne vient même pas me parler. C'est quand même dingue. Ça m'énerve. Et me vexe un peu. La journée a été longue, il est temps pour moi d'aller me coucher. La journée de demain s'annonce tout aussi forte. J'espère qu'elle sera aussi belle.

Chapitre 11
À l'intérieur de l'enveloppe

Je ne pense qu'à ce soir. Un mélange d'appréhension et d'impatience. Je ne sais pas comment Daphné va réagir. Les heures défilent et je ne suis ni vraiment à ce que je fais ni vraiment prêt pour mon entrevue avec elle. Malgré tout, l'heure arrive très vite. Il est 18 h, le moment pour moi de quitter le bureau. Je ne veux pas me faire alpaguer à la dernière minute sur des sujets qui me retiendraient et me mettraient en retard. Je descends par l'ascenseur, passe par l'accueil où j'aperçois Martine qui m'adresse un regard appuyé. Comme si elle savait ce qui allait se jouer ce soir. Nous nous sommes donnés rendez-vous près de Saint-Michel. Je ne suis pas très loin. Le temps pour moi de me balader quelques minutes avant de retrouver Daphné.

J'ai du mal à ne pas préparer un minimum ce que je vais lui dire. Mais je me suis promis de ne pas le faire. La soirée s'annonce douce et belle. Une véritable soirée d'été. Les terrasses se remplissent, la période des vacances est déjà bien entamée, mais tout Paris n'est pas encore parti. Je passe par quelques librairies et une célèbre enseigne de vente de disques. Mais le cœur n'y est pas vraiment. Je crois que cette entrevue me travaille beaucoup plus que ce que je veux bien me l'avouer. Je fais un détour par le jardin du Luxembourg. Un endroit familier. Encore une fois et à contre-courant, les minutes défilent et il est temps de rejoindre le point de rendez-vous. Je scrute avec attention la terrasse où je suis attendu. Elle n'est pas encore là. Je m'installe. Je sors mon téléphone machinalement. Un message non lu.

Hello Léo ! Je risque d'avoir une dizaine de minutes de retard, désolée ! À tout de suite.

Il me reste donc dix minutes à tuer. Je me connecte en vitesse à Attrape Un Garçon. Encore en ligne. Toujours rien de sa part. Je ne vais pas l'embêter... Mais j'ai un peu de mal à comprendre. Je regarde mes emails. J'en ai envoyé un important à Marc ce matin, je n'ai pas eu de retour de sa part. J'ai besoin de l'avis du mathématicien autant que celui de l'ami. Je ne sais pas comment il réagira lui aussi. Il n'a peut-être pas encore digéré ce qu'il a lu, ou il croit à une plaisanterie. Je repose mon téléphone. Je passe ma main dans la poche intérieure de ma veste. J'ai tout, il ne manque qu'elle. Je regarde les gens autour de moi. Il y a deux hommes qui parlent d'un projet professionnel visiblement. Ça ressemble au débriefing d'une journée compliquée. Sur la droite, une jeune femme avec un enfant. Il essaye tant bien que mal d'attraper la paille de son verre avec la bouche, mais l'exercice semble bien difficile. Sa mère, je suppose, est au téléphone. Le petit me regarde avec des billes à la place des yeux. Sage comme une image. Je le fixe avec bienveillance. Il me rend mon sourire. Comme quoi parfois ce n'est pas compliqué d'obtenir le sourire de quelqu'un. Je ne m'attarde pas trop sur lui, je ne suis pas là pour me faire un compagnon de jeu. Derrière le garçon à la paille, un homme et une femme, jeunes. Lui regarde au loin, elle, dans le vide. Elle fixe ses pieds. Le contraste d'humeur entre mon premier plan et le second est saisissant. Je tourne la tête pour continuer mon observation. Je la vois arriver d'un pas pressé. Elle crève l'écran. Elle porte une robe à fleurs avec des chaussures ouvertes. Elle est comme à son habitude, d'une élégance captivante, sans aucun artifice autre que le sourire dans ses yeux. Elle approche. Je me lève pour l'accueillir. Elle me fait la bise pour me saluer.

- Tu as eu mon message ? Désolée c'était l'enfer au boulot, j'ai cru que je ne me libérerais jamais.
- Oui, ne t'en fais pas, aucun souci.
- Tiens, j'ai quelque chose à te rendre.

Elle me tend un livre qu'elle sort de son sac à main.

- Merci ! Alors, ça t'a plu ?
- Oui beaucoup même si je ne suis pas d'accord sur tout.

- Intéressant. Un long débat en perspective.
- Et cet appart ? Ça avance ?

Je lui raconte où j'en suis. On se remémore l'épisode du plafond avec beaucoup de bonne humeur. Preuve que ça reste un agréable souvenir. Elle me parle de son boulot. De ses projets de vacances. Je sens que la conversation prend la même tournure qu'habituellement. On discute de tout et de rien. Surtout de rien au regard de l'importance que je donne à ce rendez-vous. Avec un naturel déconcertant. Je sais qu'il faut que je reprenne la main sinon je vais me faire embarquer là où je n'ai pas envie d'aller, sans pouvoir faire ce que j'ai prévu. Je profite que Daphné appelle le serveur pour rebondir.

- Daphné, est-ce qu'on peut tout se dire ? Je veux dire sans l'appréhension de quoi que ce soit, sans a priori, ni caricature. Juste se dire vraiment les choses.

Je la sens profondément interpellée par ma question.

- Oui, je pense. Enfin moi je n'ai aucun tabou ! Tu as un sujet spécial à évoquer ?
- En quelque sorte…

Nous commandons auprès du serveur qui s'éloigne de sitôt. Je reprends.

- Peut-être que tu connais ce sentiment qui consiste à savoir pertinemment que tu n'arriveras pas à dire ce que tu as envie. Pas parce que tu n'en es pas capable ou quoi que ce soit d'autre. Simplement parce qu'il est impossible de mettre les bons mots sur ce que tu aimerais véhiculer.
- Parfaitement.
- Eh bien, je suis au beau milieu de ce sentiment.

Elle me regarde, immobile. Je continue.

- Combien de personnes rencontre-t-on dans une vie ? Je parle de véritables rencontres. Pas des gens qu'on croise dans le métro ou des collaborateurs qu'on côtoie dans nos univers professionnels.
- Assez peu, je pense.

- Je suis parfaitement d'accord. J'ai réalisé ça il y a peu de temps. Il y a quelques jours pour être exact. Et depuis je me dis qu'on ne doit pas passer à côté d'une rencontre. On n'a pas le droit. Tu es sans doute la seule personne que j'ai découverte en sens inverse, à l'envers. Je ne sais rien de toi. Enfin si, tu t'appelles Daphné. Tu files sur tes 35 ans. A priori, tu as toutes tes dents. Tu bosses plus que la normale, tu es très indépendante, tu bois des jus de kiwi, tu dis « top », tu parles anglais aussi bien que moi et désolé, là ce n'est pas un compliment. Tu fais des smileys comme les vieux. Oui d'accord. Mais tout le reste ? Qui tu es vraiment ? D'où tu viens ? Quelles sont tes expériences passées ? Est-ce que tu mets du sucre dans le café ? Toutes ces questions existentielles que, normalement, on se pose avant toutes les autres. J'ai laissé transparaître des trucs que je garde pour moi un moment la plupart du temps : mon sens de l'orientation, ma connaissance irréprochable de Paris, et tout ce que tu jugeras utile de rajouter à cette liste, ouverte ! On dira ce qu'on voudra, mais ce n'est pas dans l'ordre logique. Entendons-nous bien, ce n'est en rien une critique, ça serait même tout le contraire. Mais tu m'accorderas la véracité de l'idée : oui, c'est une rencontre inversée ! Une des questions que je me pose c'est de savoir qui j'ai rencontré dans le fond. La Daphné… que tu veux être ? Que tu es ? Que tu veux montrer ? Je n'ai pas vraiment de quoi répondre.

Je sens Daphné fuyante. Je poursuis sur ma lancée.

- J'ai mille questions à te poser. Simplement, je réalise que je ne pourrai pas le faire. Tu as déjà essayé de poser mille questions à quelqu'un ? En général, il s'en va avant la fin. J'ai réfléchi et j'en suis arrivé à la conclusion, qu'en réalité, une compte plus que les autres : est-ce que tu veux qu'on se rencontre ? Je veux dire qu'on se rencontre vraiment. Est-ce que tu es prête à creuser un peu plus les choses ? Est-ce que tu le souhaites ? Est-ce que tu le peux ? Je sais, ça fait quatre questions. Mais les précisions sont importantes. Je ne vais pas te mentir sur un élément, tu es un véritable coup de cœur. Tu feras partie des rencontres qui comptent. Mais je ne te sens pas toujours « là ». Aucune critique, simplement un ressenti. Si tu es d'accord pour m'aider à rencontrer la véritable Daphné, si tu veux, toi aussi, creuser un peu sous la surface, il te faudra poser la deuxième pierre. Celle que tu voudras, toutes les folies sont ouvertes, toutes les envies sont permises. Sois certaine que je sais être le complice de ces choses-là. J'estime que je viens de poser la première. Peut-être qu'on se rendra compte qu'on n'a rien à partager et qu'on n'a aucun bout de chemin à faire tous les deux ! Dans ce cas, j'aurais, en ce qui me concerne, eu le sentiment d'avoir tout fait pour ne pas tout rater. Je crois que passer à côté d'une rencontre est un luxe qu'on ne peut pas se permettre. La proposition que je te fais c'est juste de creuser les choses, rien de plus. La brèche est ouverte, à toi de choisir si tu t'y enfonces ou si tu la colmates.

Et si tu t'engouffres, tu prends simplement l'engagement de faire tomber ta carapace. Évidemment, cela ira dans les deux sens. Ce dont je suis à peu près sûr, c'est que, jusqu'alors, tu ne t'étais jamais retrouvée à entendre une telle chose, racontée par quelqu'un que tu n'as vu que trois fois dans ta vie. Je te rappelle que c'est toi qui m'as proposé un café sans savoir où tu mettais les pieds…

J'ai le cœur qui palpite. Il est temps que mon monologue s'arrête, je commence à ne plus gérer mon souffle. Je sors les deux enveloppes de ma veste.

- Il y a deux enveloppes. À toi de choisir ce que tu préfères lire.

Je les pose sur la table face à elle. Une avec écrit « OUI » dessus sur sa droite et l'autre « NON » sur sa gauche. Je vois dans son regard qu'elle est complètement perdue.

- Léo, je ne sais pas trop quoi dire. Tu es incroyable.

- Tu n'as pas vraiment besoin de dire quoi que ce soit. Il te faut juste faire un choix.
- Tu me demandes une chose compliquée.
- Daphné, il n'y a pas de bonne ou de mauvaise réponse.

Je vois sa main droite bouger. Elle va forcément prendre le chemin le plus court ! Donc saisir l'enveloppe « OUI ». C'est certain. Mince, fausse alerte. Elle détourne la tête sur la gauche. Comme si elle se donnait quelques secondes de réflexion pour prendre du recul sur ce qu'elle a devant elle. Elle plonge son regard dans le mien. Ses yeux ne sourient plus. Elle arbore un regard que je ne lui connaissais pas. Elle reste figée. Il m'est toujours impossible de deviner laquelle elle va choisir. Elle ne laisse rien transparaître. Sans quitter les enveloppes de vue, elle brise le silence qui devenait pesant. Mon cœur bat si vite que je ne peux pas parler.

- On ne m'avait jamais fait une telle déclaration. C'est vraiment gentil. Au-delà de tout, c'est profondément touchant. On peut donc réellement tout se dire ?

- Plus que jamais je crois.
- Je te l'ai dit, tu me demandes quelque chose de compliqué.

Elle quitte les enveloppes du regard. Et me dévisage. Je sens que le masque a disparu. Ses yeux brillent. Elle reprend.

- J'ai passé des bons moments avec toi. J'ai vraiment aimé ta présence et ce que tu es. Une chouette personne.

Son attention retombe. Sa main droite s'éloigne du centre de la table. Elle saisit alors quelque chose. Je n'ai pas le temps de réaliser ce qu'il se passe. Je ne distingue plus que l'enveloppe « OUI » posée devant moi. Du brouillard dans lequel je suis j'entends un « je suis désolé » et je la vois se lever précipitamment et partir tout aussi vite. C'est terminé. Je plonge mon regard sur l'enveloppe restante pour être certain de bien comprendre. Il ne reste bien que le « OUI ». Elle a donc pris l'autre. Elle a pris celle que je ne voulais pas qu'elle prenne. Pour être franc, je pensais tellement qu'elle allait faire

un choix différent. Mais non, elle a choisi le « NON ».
Je ne sais pas si elle lira ce que j'ai écrit dedans. Même
si je ne souhaitais pas qu'elle ait à découvrir ce qui s'y
trouve, j'y ai mis beaucoup de moi. J'y ai mis les mots
que j'aurais aimé qu'elle lise dans pareille situation.
Simplement, l'autre lettre contenait une mélodie que
je préfère. J'observe tout autour de moi comme pour
chercher une bouée de sauvetage. Les deux hommes
sont toujours là, à parler boulot. Le jeune homme et la
jeune femme se fuient désespérément du regard. La
prétendue maman est encore au téléphone. Le petit
bout de chou est toujours là, lui aussi. Il me fixe lorsque
je pose mes yeux sur lui. Le niveau du soda n'a pas
beaucoup bougé depuis tout à l'heure. Il joue avec sa
paille. Comme s'il avait deviné que quelque chose venait de se produire, il l'attrape dans une main et son
verre dans l'autre et descend de sa chaise. Il s'approche
de moi. Il s'arrête sur ma droite en me tendant la paille
puis en levant les bras. Je jette un regard à la maman
qui me sourit en me faisant un oui de la tête. J'attrape
le petit bonhomme et le fais grimper sur mes genoux.
Je mets la paille dans son verre en l'inclinant. Le garçon

aspire alors sa boisson. Il s'arrête, se redresse et pose sa tête contre ma joue. C'est une belle soirée, tant pis pour les absent(e)s.

Enveloppe « NON »

Daphné,

Tu ne t'attendais pas à ça, non ? Faire des choix est rarement simple. On voit souvent tant de paramètres défiler. Tu as eu le courage de te saisir de l'enveloppe qui était sans doute la plus compliquée à prendre. L'autre aurait été tellement plus évidente, en façade. Je l'aurais peut-être dit de vive voix, il n'y a pas de bon ou de mauvais choix. Sois-en certaine… Donc on ne creusera pas un peu plus les choses. Pour autant, on ne boudera pas notre plaisir d'avoir fait ce qu'il faut, d'avoir pris le temps, de s'être donné la peine. La brèche est ouverte, alors je vais en profiter, avant qu'elle ne se referme. Merci pour ce café, pour le sourire dans tes yeux, pour avoir dit « top ». La liste pourrait être longue. Je garde avec moi neuf cent quatre-vingt-dix-neuf questions. Elles ne seront jamais bien loin. Néanmoins, la balle est plus que jamais dans ton camp. Plus dans le mien. Je te souhaite le meilleur dans le bout de chemin que tu as choisi.

Avec tous les mercis du monde.

Léo

Chapitre 12

Emile Zola

- Elle n'a pas fait ça ? Tu es en train de te moquer de moi ?
- Pas du tout, c'est vraiment ce qui s'est passé.
- Mais quelle SA/#.%£ !
- Lucie, calme-toi.
- Non, mais Léo ce n'est pas possible, on ne peut pas faire ça. Qu'elle prenne l'enveloppe « NON », c'est une chose. Bien que ça soit déjà critiquable. Mais on ne s'en va pas comme ça après un truc pareil !
- On réagit tous comme on peut... Tu ne crois pas ?

- Non, il y a un minimum ! Si je la croise, j'ai deux mots à lui dire.
- À mon avis, c'est très peu probable.
- Oui bah c'est bien dommage !
- Et toi alors ? Quoi de nouveau ?
- J'ai trouvé du boulot !
- Et tu me lances ça comme si de rien n'était… C'est trop génial ! Raconte !

Lucie m'a expliqué comment elle a vu l'annonce et y a répondu. Via les réseaux sociaux. Un poste de photographe pour une agence de presse. Sur le papier, elle ne pouvait pas vraiment prétendre à ce type de choses. Pas d'expérience dans le photojournalisme, pas d'étude dans la photo, allez expliquer à un directeur en quoi votre licence de mathématiques sert votre projet. Mais elle y est allée tout de même, elle a répondu à l'annonce. C'est visiblement son book qui a fait la différence et elle a su se débrouiller avec ce qui, d'apparence, la desservait. Elle commence la semaine prochaine. On a évoqué la Bretagne aussi, mais l'épisode Daphné m'a permis de ne pas trop m'attarder sur Celia. Nous sommes jeudi soir. Romain ne doit pas tarder à atterrir aux Maldives. J'imagine que lorsque sa demande sera faite et que la réponse officielle sera connue, il nous passera un petit mot à Lucie et moi. Je suis chez mes parents. Les travaux ont débuté dans mon appartement. Dans quelques jours, je retrouve un plafond, fin du duplex. Je n'ai aucune nouvelle de Daphné depuis le jeu des enveloppes. Je n'en prendrai pas. Mais j'aurai quand même espéré un petit mot de sa part. Après la lecture de la lettre, après la façon dont elle est partie l'autre soir. Parfois, il faut accepter de se tromper. Ou plutôt de ne pas avoir vu juste. Oui, j'ai eu un vrai coup de cœur pour Daphné, mais j'imaginais objectivement qu'elle serait d'accord pour creuser davantage les choses. Sans pour autant s'engager dans quelque chose de sérieux, mais simplement se donner les moyens de vraiment se connaître. Au-delà de ça, je pensais aussi que je lui plaisais. Du moins assez pour pouvoir aller plus loin. Je me suis trompé. Ça arrive. Il faut savoir le reconnaître. Ça ne m'aide pas vraiment, j'aurais bien eu besoin d'un petit coup de pouce. Je vais descendre rejoindre mes parents. Je laisse avec beaucoup de motivation mon téléphone dans ma chambre. Mon court retour ici va être l'occasion de déconnecter un peu. Ça ne me fera pas de mal. J'emprunte le grand escalier qui me mène dans le salon. Je vois mon père assis sur un fauteuil qui consulte le courrier du jour. La télé devant lui allumée à volume très bas. Ma mère s'affaire dans la cuisine. Je vais lui demander si elle a besoin de quelque chose.

- M'man, je peux t'aider ?
- Lance le four à préchauffer 220 °c et mets la table, ça sera parfait.

Elle reprend à voix basse.

- Si tu peux aller voir ton père aussi je crois qu'il est un peu perdu dans sa paperasse.
- Oui, je vais regarder ça.

Je m'exécute et commence à répartir les assiettes et les couverts sur la table. Chacun a sa place attitrée ici.

Ce n'est pas écrit dans le marbre, mais ce sont les habitudes. Je profite d'atteindre la commode où se trouvent les verres pour interpeller mon père.

- Ça va papa ? Tu ne quittes pas ce bout de papier des yeux depuis tout à l'heure.
- Très bien mon fils. Mais je ne comprends pas tout sur ce machin. Je crois que je perds un peu la tête parfois.
- Montre-moi ça.

Il me tend le courrier que je regarde.

- Ce n'est rien papa. C'est l'assurance de la voiture qui revoit ses conditions générales. Ils te proposent par ailleurs de créer ton compte client sur internet pour la gestion courante de ton dossier. On s'en fiche un peu.
- C'est toi l'expert… dit-il d'un ton moqueur.
- Il n'y a pas de doute là-dessus.

Ma mère nous coupe.

- La table est mise ? C'est prêt.

Le repas est un véritable moment de détente pour tous. Ma mère est ravie d'avoir son fils de retour à la maison quelques jours et mon père est heureux de la voir dans cet état. Cette petite parenthèse me fait du bien à moi aussi. Après toutes ces dernières péripéties, cela permet de prendre un peu de recul.

- Je ne vous ai pas dit, Lucie est partie au Canada !
- La jeune fille qui a perdu son frère ? s'interroge ma mère.
- Oui.
- Quelle histoire…
- Mais tout va bien pour elle. Elle a même décroché du travail dans une agence de presse. Le genre d'opportunités qu'elle convoitait depuis un moment.
- C'est une bonne chose, ça va lui permettre de rebondir, reprend mon père. Et toi le boulot, ça va ?
- Tout va bien. Toujours un peu pareil, je n'ai pas à me plaindre. Au fait, vous ne partez pas cet été ?

- Tu te souviens de Marie ? répond ma mère.
- Oui très bien ! Ta collaboratrice qui a quitté Paris il y a peu pour sa retraite.
- Exactement. Elle s'est installée en Bretagne avec son mari. Elle veut passer quelque temps à Paris pour voir ses enfants et ses petits-enfants. Elle nous a proposé de venir en Bretagne dans sa maison pendant qu'elle occuperait la nôtre ici. Ton père n'était pas très partant, mais je pense qu'on va accepter. Ça nous permettra de partir quelque temps en laissant la maison entre de bonnes mains.
- C'est une chouette idée. Et la Bretagne c'est super.
- Tu connais la Bretagne toi ? s'interroge ma mère.

Mon père souligne sa question du regard.

- Oui. Enfin non. Rapidement quoi. J'ai passé un week-end là-bas il y a quelque temps.
- Et ?

- Il y a plein de coins différents en Bretagne alors difficile à dire ! Tout dépend de l'endroit. De ce que j'en ai vu c'est vraiment joli.
- Tu vois Franck, on fait bien d'y aller, dis ma mère en le regardant.
- Oui ma chérie, répond mon père en se tournant vers moi, blasé.

Le repas se termine et je suis content d'avoir tenu ma langue à propos de la Bretagne. Je n'ai pas menti, mais je n'ai pas tout dit. Pas de Celia, pas de voilier. Aucun sujet sensible. Mes parents ne changent pas leurs habitudes pour moi. Après le dîner, ils s'installent devant la télé avec une infusion. Ils font ça depuis toujours, leur petit rituel. Je les embrasse et vais rejoindre ma chambre. Je n'ai emporté que le strict minimum avec moi. Il faudra sans doute que je reprenne quelques affaires à l'appartement ce week-end. J'attrape mon téléphone. J'ai un message de Romain.

Bien arrivés à destination. Si le paradis existe, je pense que je viens de le trouver. Le bonheur total. Bises à tous les deux.

Le moins que l'on puisse dire c'est qu'il n'a pas l'air déçu de son point de chute ! Il ne reste plus qu'à attendre un mot de sa part concernant l'objectif principal de son voyage. Je ne suis définitivement pas inquiet quant à la réponse de Clémentine. Elle dira oui. Je vais sur Attrape Un Garçon. C'est toujours le calme plat. Il faut avouer que je n'y suis pas très actif non plus depuis quelque temps. Celia est encore en ligne. Il faut que je brise la glace, je ne vais pas attendre derrière elle indéfiniment. Tant pis pour la stratégie.

Message de Scodineri : Bonsoir Celia. J'espère que tout va. Je crois que je ne vais plus rester très longtemps ici. Je te laisse juste une adresse email, je serai toujours content d'avoir un mot de toi : uvftnbhojgjrvf@gmail.com

Évidemment l'adresse existe. Évidemment l'adresse n'est pas utilisée, jusqu'à maintenant. C'est une relique. Un compte créé jamais vraiment activé. Je fais un tour sur ma boîte mail justement. Il a répondu. Marc a répondu !

Salut Léo,
tout va oui. Mais ce n'est pas trop le sujet. Qu'est ce que c'est que ce truc ?! Appelle-moi ASAP.

Je ne vais pas me faire prier, je cherche son nom dans mon répertoire.

- Salut Marc, je viens de voir ton mail, je m'exécute.
- Salut Léo. C'est plus simple de vive voix oui.
- Alors ? Ça t'inspire ?
- Écoute, ce n'est pas très évident. Tu m'as demandé de ne pas montrer ça autour de moi, je l'ai donc gardé pour moi. Mais pour y voir plus clair, il faudrait que je puisse le partager avec quelques personnes.
- Non Marc, impossible. Ça doit rester entre toi et moi ! J'ai ta parole ?

- C'est dommage. Oui tu l'as, mais on se prive de regards plus que compétents. Tu sors ça d'où ?
- C'est compliqué. C'était dans des cartons chez une connaissance. T'as des pistes ?
- Tu as des amis très intéressants... C'est une partie de démonstration. Évidemment, ça serait bien plus simple si j'en avais plus ! Tu n'as pas d'autres photos ?
- Non, tout ce que j'ai, je te l'ai envoyé.
- Laisse-moi quelques jours pour faire des recherches. Je pense que c'est la démonstration d'un problème complexe. De quelque chose qu'on n'a pas trop l'habitude de côtoyer. Je vais croiser avec quelques travaux de mathématiciens pour voir si je peux faire émerger des idées. Parce que ça ne peut pas être ce que je crois.
- Et qu'est-ce que tu crois ?
- Que c'est quelque chose d'important, mais laisse-moi encore quelques jours.
- OK Marc, tant que tu gardes ça pour toi, ça me va. Merci pour ton coup de main en tout cas.
- Je te tiens au courant quand c'est plus clair.

Je raccroche. Marc est très flou. C'est bizarre. Ça me conforte dans l'idée que ces classeurs dans la maison de Celia ne sont pas du tout anodins. Je vais faire un mail à Marc.

Marc,
Merci de ton aide. J'ai vraiment besoin d'en savoir plus sur ces quelques pages. Je suis conscient que je te demande quelque chose qui n'est pas simple. Prends le temps qu'il te faut, mais dès que les choses sont plus claires pour toi, préviens-moi.

Je ne sais pas si c'est une bonne stratégie de ne pas lui donner tous les détails. Mais je ne veux pas que son jugement soit faussé de quelque façon que ce soit. Je croiserai son avis avec les éléments que j'ai, à ce moment-là nous aurons sans doute un début de réponse. Je vois un nouveau mail arriver sur mon téléphone. C'est Celia.

Salut Scodi,
Alors, on a trouvé chaussure à son pied ?

Les quelques jours qui ont suivi sont passés vite. Les soirées avec mes parents ont été un vrai petit moment de bonheur. Les travaux dans l'appartement ont avancé comme prévu, je serai chez moi dans une poignée de jours. Lucie se plaît comme jamais dans son nouveau boulot, elle m'a montré ses premières photos. Elle est vraiment douée. Elle l'a toujours été, mais là elle fait ses premiers pas dans le monde professionnel. La donne est différente. J'ai eu un mot de Romain. La réponse a été officialisée. D'après lui, elle n'a pas dit « oui », elle a dit « OUI ». Je le savais. Ça ne pouvait pas en être autrement. Clémentine est amoureuse et Romain aussi. Ils forment quelque chose de vraiment très solide tous les deux. Je suis content pour eux. Plus j'y songe et plus je trouve que c'est finalement une bonne idée. Tant pis pour le Scénic et le chien dans le jardin. Il ne reste plus qu'à attendre l'annonce des témoins. Lucie étant à l'autre bout du monde, je pense que j'ai mes chances. Mais mon petit doigt me dit que Lucie sera présente au mariage, elle ne raterait ça pour rien au monde. Nous verrons bien ! Les deux tourtereaux rentrent ce week-end, j'ai bien évidemment prévu de les voir vite pour les féliciter. J'ai échangé quelques mails avec Celia. Elle est redevenue la Celia de nos premiers messages. Comme si notre escapade n'avait rien changé. On ne l'a d'ailleurs jamais évoquée explicitement. C'est drôle. Comme si ce week-end était une grosse parenthèse. Quelque chose qu'on garde l'un et l'autre pour nous. J'aime l'idée. De toute façon, Celia, ce n'est pas ma catégorie. S'il y a bien une chose que j'ai apprise avec le temps, c'est qu'il faut boxer dans sa catégorie. Et Celia ? Ce n'est pas ma catégorie. Elle est dans la division supérieure. Elle est au-dessus de tout. Sans doute un peu trop pour moi… Daphné est aux abonnés absents. Je pense que je n'aurai plus jamais de ses nouvelles. Note à moi-même : l'idée des enveloppes est à ne plus reproduire. J'ai définitivement désactivé mon compte sur Attrape Un Garçon d'ailleurs. Si je dois rencontrer l'amour de ma vie, ça sera donc à l'ancienne, en allant chercher ma baguette à la boulangerie. Vous vous dites qu'il faudrait d'abord que j'aille en acheter. Vous avez entièrement raison. Je vais réfléchir très sérieusement à ces points de détail. Sinon la mission risque d'être vraiment compliquée. En fait, je me dois de vous faire une confidence. Je pense que je l'ai rencontré dans les transports ce soir. J'ai rencontré l'amour de ma vie. Je ne connais ni son nom, ni son âge, ni sa couleur préférée. Je ne sais pas grand-chose d'elle. Peut-être qu'elle n'aime pas le chocolat, qu'elle râle tout le temps, qu'elle n'est pas du matin, qu'elle n'est pas du soir. Peut-être qu'elle a mille défauts. Sûrement d'ailleurs. Mais l'ombre d'un instant, j'ai imaginé tout ce que je ne pouvais pas voir d'elle. Je l'ai façonnée comme je le voulais. Sans aucune contrainte. Sans faire face à la moindre réalité. Elle était assise devant moi. Ses cheveux attachés lui donnaient un air sérieux. Elle portait un manteau noir et une écharpe bleue. Je sais bien que la météo n'est pas clémente, mais nous sommes au début du mois de juillet… Ce détail interpelle forcément. Son sac à main jaune était posé sur le siège à côté. Elle le serrait contre elle avec son bras. Elle avait les jambes croisées. Elle lisait un livre d'Emile Zola dont je n'ai pas réussi à voir le titre. Le genre de lecture à contre temps. Comme elle. Elle était mince. Son visage entier était plongé dans son roman. Elle était entourée de paquets, des vêtements à en juger par les marques qui apparaissaient sur les sacs. J'ai croisé son regard quelques instants. Je ne l'ai plus lâché. L'ombre d'un moment, je me suis demandé qui elle était. La vraie question c'est de savoir pourquoi je ne suis pas allé la voir. Il y a encore quelques années, je serais sans doute allé échanger quelques mots. Mais cette fois-ci, non. Vous vous dites sûrement que je ne suis pas objectif. Que compte tenu de ces précédentes semaines, j'ai perdu un peu confiance en tout ça. Peut-être qu'il y'a de ça. Mais si c'est le cas, ce n'est pas du tout la raison centrale. Vous parlez de moi, mais vous dans tout ça ? La dernière fois que vous avez interpellé quelqu'un dans le métro, pour savoir ce que cette personne lisait, ou pour savoir d'où venait son écharpe que vous trouviez très jolie, ça remonte à quand ? C'est bien souvent un constat douloureux. Alors pourquoi je n'y suis pas allé ? Y seriez-vous allé, vous ? Bien sûr que non. La faute à qui ? À personne, à tout le monde. Oui, on a tous le nez plongé dans nos téléphones, parcourant le flux d'informations infini des réseaux sociaux, de nos mails, ou de nos applications favorites. Oui, on aspire souvent à un moment de calme et de repos le soir en rentrant d'une journée de boulot. Oui, c'est devenu l'enfer pour bon nombre de femmes de se faire aborder sans cesse dans les transports par une minorité de connards. Oui, on a peur de déranger des gens dont on ne sait rien. Oui plein de choses. Mais dans l'absolu, toutes ces excuses sont de faux prétextes. On se donne des raisons de croire que l'individualisme est une zone de confort dans laquelle on trouve notre bonheur. C'est illusoire. On s'invente une sociabilité artificielle parce qu'on est incapable de dire bonjour à un inconnu dans la rue. Aujourd'hui, j'ai rencontré l'amour de ma vie sans lui adresser le moindre mot. J'ai préféré passer à côté d'une personne inspirante pour ne pas aller contre l'ordre établi. Tant pis pour moi. Vous voulez que je vous dise ? Des fois, je ne me comprends pas. Des fois, je ne nous comprends plus.

Chapitre 13

$$P = NP$$

Ce soir, je mange avec Marc. Il ne m'a pas re-
lancé sur les documents de Celia, mais j'avais
simplement envie de passer un moment avec lui. Je lui
dois bien ça. Nous nous retrouvons dans un restaurant
italien du quinzième arrondissement. Marc est
quelqu'un qui aime bien ses habitudes. Je sais qu'il apprécie cette adresse. Nous attendons devant qu'il termine sa cigarette. Il fait frais, manger en terrasse n'est
pas des plus confortable. Nous nous installons donc sur
une petite table pour deux personnes dans un coin de
la salle. Nous sommes à l'écart, l'endroit sera sans nul
doute un peu plus silencieux et idéal pour discuter. Il
me raconte les suites de sa thèse. Sa démonstration a

été publiée dans différentes revues scientifiques. Cela a fait beaucoup d'émoi. Il dit être très sollicité suite à cette publication. Pour le moment, aucun spécialiste n'a apporté d'objections sur ses travaux. Il est nécessaire de temporiser encore un peu, mais je sens Marc très excité par la tournure que prennent les choses. C'est vraiment super ce qui lui arrive ! C'est quelqu'un de brillant, c'est très largement mérité, je croise les doigts. Je lui parle de mon boulot. Marc n'est définitivement pas fait pour travailler dans le privé. Je crois qu'il a du mal avec le principe d'objectifs, de délais et de structure pyramidale. Tout ce que je lui souhaite c'est de pouvoir faire ce qu'il aime le plus longtemps possible. Soudain, nous sommes interrompus par la sonnerie de son téléphone. Il s'excuse et me dit qu'il doit absolument prendre cet appel. Je vois à travers les fenêtres qu'il profite de la fin de son coup de fil pour fumer une cigarette. Décidément, il fume vraiment comme un pompier. Il revient à la table.

- Tu as commandé ?

- Non, j'attendais ton retour. Un interlocuteur important ?
- Important, je ne sais pas. Mais intéressant, oui. Ça concerne notre histoire. La démonstration cachée dans le grenier de ton amie.
- Ah oui ? Du nouveau ?
- J'ai comparé les pages que tu m'as envoyées avec de nombreux travaux. Je ne trouve rien. Aucun croisement. Aucune thématique commune, aucun raisonnement, aucune technique identique. Comme si cette démonstration ne reposait sur rien de connu. Néanmoins en étudiant avec attention, j'ai repéré des similitudes avec des recherches lues il y a quelques années pendant ma première thèse. J'ai sollicité l'auteur de ces travaux. C'était lui au téléphone à l'instant.
- Tu ne lui as pas montré les documents j'espère ?
- Non, je lui ai simplement posé quelques questions. Pour lui, ça n'a pas beaucoup de sens. Il reconnaît, dans mes interrogations, des similitudes avec ses travaux. Mais ce qu'on peut lire

dans les pages que tu m'as fait parvenir va à l'encontre de principes importants. C'est comme un puzzle dont les pièces s'emboîtent, mais sans donner de résultat concret.

- Tu n'y vois donc pas plus clair ?

- Franchement, plus j'avance, moins c'est évident. Si tu veux réellement savoir ce que sont ces écrits, il va falloir que tu m'en dises plus ou que tu te débrouilles pour avoir plus de détails. Tu n'as vraiment rien de plus que ce que tu prétends avoir ?

- Non, je n'ai rien de plus à te donner, toutes les photos que j'ai tu les as eues. Ce que je peux te dire c'est que le type qui a écrit ça a subitement disparu il y a environ 30 ans. Un matin, il est parti bosser et le soir il n'est jamais rentré chez lui. Ce que tu as vu est rangé dans un classeur au fin fond de la Bretagne dans une armoire de famille. Il existe d'autres pages que j'ai feuilletées. Les commentaires que j'ai aperçus me font penser que de nombreuses parties sont des corrections d'erreurs présentes dans diverses démonstrations déjà publiées. Comme si on apportait des réponses à des questions restées en suspens dans d'autres travaux. Comme si cette démonstration était une synthèse corrigée de plusieurs publications. Tu vois ce que je veux dire ?

- Oui. Il faut absolument que je consulte les autres pages sinon on va rester au point mort.
- Impossible.
- Alors il faut me dire qui est ce type ! Tu as un nom ? Une université de rattachement ?
- Je n'ai rien de tout ça pour le moment.
- Donc on n'avancera pas plus.
- Je n'ai rien de tout ça **pour le moment**. Mais j'ai une petite idée pour obtenir les informations qu'il nous faut.

- Léo, tu savais depuis combien de temps ?
- Pas longtemps.
- Menteur ! Je suis certaine que Romain vous a vendu la mèche à Lucie et à toi.

Clémentine est excitée à l'idée de ce qui lui arrive. Elle semble vraiment ravie. Ça faisait un moment que je ne l'avais pas vue comme ça, ça fait plaisir.

- Bon d'accord. Romain nous a avoué qu'il projetait de faire sa demande. Mais il nous a dit ça il y a peut-être un mois ! Pas plus !
- Donc vous le saviez ! Je ne le crois pas… Quel cachottier celui-là.

Clémentine regarde Romain qui se délecte du spectacle. Je reprends.

- Bon alors maintenant c'est quoi la suite ?
- Romain a déjà prévenu tout le monde, le cercle vraiment resserré. Et on aimerait faire ça vite. On ne veut pas de la période interminable des préparatifs et on tient à faire quelque chose en

comité restreint avec les gens qui nous sont le plus proches.

- Donc quoi ? L'été prochain ? Printemps prochain ?
- Début septembre.

J'ai cru à une blague sur le moment.

- Début septembre… Là dans un mois et demi ?!
- Exactement, reprend Romain jusque-là très silencieux. Comme Clémentine le disait, ça sera avec peu de gens et on ne veut pas de préparatifs interminables. C'est ce que j'avais en tête et Clémentine est d'accord avec moi.
- Preuve que même à moi tu me caches encore des choses.
- Oui, il faut bien sinon tu t'ennuierais. J'ai d'ailleurs demandé à Lucie d'être mon témoin. Elle a accepté.
- Elle ne m'en a pas parlé !
- Parce que je le lui ai fait promettre de ne rien dire.
- Ah.

Je peine à masquer ma déception. Romain regarde Clémentine et reprend.

- Si tu es partant, j'adorerais que tu sois aussi mon témoin.
- Comment ça ?
- Pour moi, il n'était pas possible que l'un de vous deux ne le soit pas. Je me suis renseigné et on peut avoir deux témoins. Alors si tu es d'accord j'aimerais que Lucie et toi soyez mes témoins. Tous les deux.

Je suis vraiment très touché par la démarche de Romain. L'idée que Lucie et moi soyons tous les deux associés à ce mariage me plaît énormément.

- Avec grand plaisir. Je suis très troublé par ta demande ! Le fait que Lucie se joigne à moi me réjouit.

Clémentine me coupe, un peu gênée.

- Désolée les garçons, mais je dois filer, on m'attend. J'ai mes témoins à officialiser aussi !

Clémentine se lève et me fait la bise. Elle embrasse son futur mari. Je profite de me retrouver seul avec Romain pour avoir le détail de leur voyage, la façon dont il a fait sa demande et savoir comment il se sent. Je l'interroge sur cette histoire de mariage prévu dans un mois et demi. C'est court comme délai. Mais tout est déjà prêt visiblement. Il avait tout anticipé dans les grandes lignes. Sans le dire évidemment. Il est parfois surprenant ce Romain. L'euphorie redescendue, il m'interpelle.

- Tu voulais me parler de quelque chose, je crois.
- Oui… J'ai besoin d'un coup de main.
- D'un coup de main ?
- Oui. Ça concerne Celia.
- La Bretonne ?
- Exactement. Pendant notre week-end, je suis tombé sur des vieux classeurs qui contenaient des travaux de son père. Il était enseignant-chercheur en mathématiques. Tu te souviens de Marc ? Il était à la fac avec moi.
- Oui, vaguement. Celui qui a fait un doctorat ?

- Il vient de valider sa seconde thèse, effectivement.
- C'est quoi le rapport ?
- Je lui ai montré quelques pages de ces classeurs
parce que certaines choses m'intriguaient.
- Et ?
- Et alors, il est incapable de savoir ce que c'est
réellement.
- Et en quoi je peux t'aider à quelque chose ? J'ai
du mal à voir où tu veux en venir.
- En l'état, on n'a pas assez d'éléments pour faire
la lumière sur le contenu de ces classeurs. Il faut
qu'on retrouve son père. Le père de Celia.
- Attends une minute. Je ne comprends rien à ton
histoire. Pourquoi il faut « retrouver son père »
et pourquoi tu veux mettre le nez dans ces classeurs ?
- Un matin, il est parti bosser et il n'est jamais rentré chez lui. Ne me demande pas pourquoi, mais
j'ai le sentiment qu'une partie de l'explication
est dans ces classeurs. Il faut absolument retrouver sa trace pour comprendre.

- Pourquoi tu veux comprendre ?
- Parce que ça fait 30 ans que Celia attend le retour de son père. Parce qu'une petite fille a vu son papa partir un matin pour ne jamais revenir. Parce que pendant que j'étais avec elle dans la maison de sa grand-mère paternelle j'ai croisé le regard de cette petite fille qui attend toujours son père. Je ne sais pas pourquoi, mais j'ai compris quand on était tous les deux là-bas qu'elle avait besoin de savoir ce qui était arrivé.
- Elle t'a fait quoi cette nana ?
- Je ne te le demanderais pas si ce n'était pas important pour moi.
- OK. Admettons. Mais en quoi est-ce que moi j'ai quelque chose à t'apporter là-dedans ? Comment tu veux que je le retrouve ?
- Je ne sais pas, je me dis qu'avec ton boulot…
- Je t'arrête tout de suite. C'est non. Comment je suis censé faire ça ?
- J'ai quelques éléments à te donner. Et tu dois bien connaître du monde.

- Et je leur dis quoi ? Que j'ai un ami qui a le bé-
guin pour une nana dont il faut retrouver le
papa ? Je joue ma carrière là Léo !
- Je te le répète Romain, si ce n'était pas important
pour moi, je ne te le demanderais pas.
- Franchement, je ne peux pas Léo, je suis désolé.
Et puis tu as quoi comme élément ? Le prénom
de sa fille ?
- Tout ce que j'ai est là, sur ce bout de papier.

Je tends le morceau de papier à Romain. Il le regarde à peine, mais finit par le saisir, le plier et le ranger
dans sa veste.

- Tu fais chier Léo, tu le sais ça ?
- Totalement.
- Il y a quand même quelque chose qui m'échappe
intégralement. Elle est quoi cette nana pour toi ?
Elle est sortie de nulle part. Vous passez un
week-end ensemble. Depuis tu as à peine de ses
nouvelles et tu remues ciel et terre pour elle !
T'es amoureux mon vieux ?

- Non. Enfin, je ne crois pas. Parfois dans la vie il y a des choses improbables qui sortent de nulle part. Un morceau de vie qui te tombe dessus. Celia c'est exactement ça. Ça fait trente ans qu'elle attend un début de vérité. Je suis certain que je peux lui amener ça. Tu voulais que je reste les bras croisés ? Je t'ai raconté ce week-end, du début à la fin. Tu sais pertinemment qu'il a été important. Je n'explique pas comment ni pourquoi, mais il a compté. Je lui dois ça à Celia. J'ai envie de l'aider si tant est qu'on arrive à quelque chose. En croisant la route de Celia, j'ai eu le sentiment de rencontrer véritablement quelqu'un. De faire une véritable rencontre. Et je crois profondément en ces choses-là.

- Parfois, tu es vraiment un grand fou.

La discussion a repris un cours normal et s'est terminée comme si de rien n'était. Nous avons parlé du mariage. De Clémentine. De Lucie. Bref de nos vies. Je sais qu'il fera ce qu'il pourra. Malgré tout ce qu'il a

dit. Ce que je ne sais pas c'est si cela suffira à nous donner un début de piste. Croisons les doigts.

Marc m'a demandé de passer le voir à son bureau ce soir. D'après ce que j'ai compris, il a quelque chose à me montrer. Je retrouve une nouvelle fois l'université. Cette fois-ci, direction l'UFR de mathématiques. C'est drôlement moins accueillant que le bâtiment où la thèse de Marc a eu lieu. On sent que ce bâtiment-ci est réservé aux enseignants et chercheurs qui n'ont pas beaucoup d'exigence quant à leur cadre de travail. Bureau 402. Voilà ce que je recherche. D'après mes souvenirs et le bon sens, ça semble se trouver au quatrième étage. Il faut que je vous l'avoue, je me suis assez rarement rendu dans le bureau de mes profs de l'époque. Sans doute pas assez d'ailleurs. Une fois dans le hall du bâtiment, pas d'ascenseur évidemment, il faut monter à pied. Heureusement qu'il n'a pas le bureau 907. La cage d'escalier est dans un sale état. Le néon qui éclaire présente un défaut et clignote assez fréquemment, c'est insupportable. Mieux vaut ne pas être épileptique. Les murs laissent apparaître des traces d'humidité et de coulée d'eau. Je parie que, par forte précipitation, c'est la piscine ici. Déjà à mon époque l'état du bâtiment laissait à désirer. Visiblement, il n'y a pas eu de travaux depuis. Je n'ose pas imaginer le reste… Je presse le pas pour ne pas m'attarder, j'arrive rapidement au quatrième étage. Le couloir est dans la pénombre. Une porte est ouverte et laisse échapper un peu de lumière qui me donne assez de visibilité pour avancer sans encombre. Il est presque 20 h, nous sommes en plein mois de juillet, ça ne peut être que le bureau de Marc. Je passe une tête par la porte. C'est bien lui. Il me surprend.

- Alors ? Ça te rappelle tes belles années ?
- Belles je ne sais pas, mais ça me rappelle des choses oui.

Je rentre dans la pièce. Marc est seul, le bureau qui lui fait face est vide.

- Assis-toi, je t'en prie, personne ne nous dérangera. Il ne t'évoque vraiment rien ce bureau ?
- Non. Il devrait ?
- C'était le bureau de monsieur Zeller, notre prof d'algèbre de cinquième année.

- Je n'aimais pas l'algèbre, qu'est-ce que je serais venu faire ici ?

- C'est un vilain défaut ! Mais je ne t'ai pas fait venir pour ça. J'ai quelque chose à te montrer concernant tu sais quoi.

- Fais-moi rêver.

- Comme je t'ai dit, ces quelques pages semblaient assez énigmatiques car je n'arrivais pas à les croiser avec quoi que ce soit. Un sujet de thèse, des travaux de chercheurs, des thématiques connues. Aucune ressemblance.

- Oui, je sais.

- Même si ça m'évoquait quelque chose du temps de ma première thèse. D'où mon coup de fil au restaurant l'autre soir.

- Oui. L'histoire des pièces qui s'emboîtent, mais sans résultat.

- Exactement. Ça m'a quand même travaillé alors j'ai ressorti tous les travaux de cette époque. J'ai relu mes notes, mes brouillons, tout ce que j'avais écrit et gardé dans un coin.

- Et ?

- Et rien ! Absolument rien.
- Je vois.
- Mais je ne suis pas fou. Plus je lis et relis ces quelques pages plus ça me parle. Alors je me suis replongé dans tous les travaux sur lesquels je me suis basé pour ma thèse. Tous les bouquins, articles, publications diverses, bref, tout ce qui de près ou de loin a constitué une source de travail pour moi. Je ne me suis pas contenté de mes petites archives personnelles.
- Wouah. Tu ne fais pas semblant. Mais tu y as passé combien de temps ?
- On s'en moque, du temps j'en ai. Regarde plutôt ça.

Marc tourne un de ses écrans d'ordinateur vers moi. Il reprend.

- Ça, c'est une page de ce que tu m'as envoyé.
- Oui, je la reconnais.

Il incline son deuxième moniteur vers moi.

- Ça, c'est que j'ai trouvé en relisant mes sources de thèse. Regarde, les trois quarts sont identiques, mais le dernier quart de la page diffère entre les deux.
- Effectivement, c'est troublant. Ça vient d'où ?
- C'est là que c'est embêtant. Ce truc a été écrit par un mathématicien espagnol, dont je t'épargne le nom, en 1981. Parmi les deux démonstrations que tu as sous les yeux, une est irrecevable... Je te laisse deviner laquelle.
- Celle de l'espagnol...
- Exactement ! La sienne a été publiée, mais retoquée par la communauté scientifique. Elle était fausse, mais, à l'époque, personne n'a pu apporter une correction. La communauté a acté que c'était faux, mais n'a pas su proposer une version juste.
- À l'époque ?
- Je pense que la version corrective est celle que tu as sur ta droite, celle des classeurs. Il nous en manque une grosse partie, mais si j'en crois la

direction prise sur la fin de la page, la personne qui a écrit ça a dû aller au bout.

- J'en étais sûr…

- Attends la fin. J'ai fait des recherches sur les travaux de cet Espagnol. Dans les bases de données des publications scientifiques. On trouve plein de choses sans grand intérêt, mais absolument rien concernant ce qu'on a sous les yeux. Tous ces travaux-là n'ont officiellement jamais existé.

- T'es certain que ce n'est pas un bug ou un oubli ?

- Impossible, la base regroupe toujours tous les travaux de tous les chercheurs du monde. Même les plus farfelus, tout y est obligatoirement. Ça ne peut pas être une erreur.

- Mais toi à l'époque comment tu as pu récupérer les écrits de cet Espagnol ?

- Aucune idée. Ce que tu vois à l'écran est un scan que j'ai fait d'une feuille que j'avais archivée dans mes dossiers papier. Impossible de me remémorer comment je suis tombé là-dessus à l'époque. Je t'assure que je n'arrête pas de me creuser la tête, mais aucun souvenir de quoi que ce soit. Ça me rend dingue. Je te le redis, il faut que tu me laisses en parler à quelques personnes de confiance il n'y a que comme ça qu'on avancera.

- Impossible Marc. Je te demande de garder ça encore pour toi quelque temps.
- Comme tu voudras.
- Il bosse sur quoi cet Espagnol ? Je veux dire, c'est quoi son domaine de spécialité ?
- Il est mort. Il y a 15 ans. D'après ce que j'ai vu, il travaillait sur P=NP.
- Tu peux traduire ?
- Tu ne connais pas ça ? À se demander si tu as fait des maths dans ta vie Léo… C'est un des problèmes recensés par l'institut Clay comme étant un des 7 problèmes du millénaire. En gros, la question est la suivante : une solution « facile à vérifier » est-elle « facile à trouver » ?
- Et la réponse ?

Marc se lève et écrit sur le petit tableau derrière lui.

- Bah justement c'est tout le problème. On considère l'ensemble P des problèmes faciles à résoudre et NP l'ensemble des problèmes dont les solutions sont faciles à vérifier. Tu suis ?

- Oui, jusque-là ça va.

- On comprend intuitivement qu'un problème « facile à résoudre » a des solutions « faciles à vérifier ». Prenons un exemple, $2 + x = 4$: la solution est facile à trouver, $x = 4 - 2 = 2$, et facile à vérifier : $2 + 2$ est bien égal à 4. Toujours bon pour toi ?

- Oui.

- Cela veut donc dire que l'ensemble P est inclus dans NP. Là où le problème se corse, c'est de savoir si la réciproque est vraie. Un problème dont la solution est « facile à vérifier » est-il, oui ou non, « facile à résoudre » ?

- Du genre problème du millénaire ?

- Tout à fait. Personne n'a jamais réussi à démontrer quoi que ce soit là-dessus. Personne sauf peut-être le type qui a écrit ces classeurs…

Chapitre 14

L'autre Madra

Les dernières analyses de l'équipe ont été rendues. Et visiblement, ça n'a pas beaucoup plu à notre hiérarchie. Si j'en crois la convocation à une réunion improvisée ce matin. Je ne la sens pas cette réunion. J'ai envie d'y aller comme de me pendre. Et pour votre information, j'aime toujours beaucoup la vie. Surtout après ce que Marc a découvert. Il a été super encore une fois. Toute l'équipe s'installe dans la salle de réunion. Notre responsable analyste est déjà là et ne déroche pas un sourire grandiloquent. Il prépare de quoi projeter un support. Le temps de poser mon ordinateur et de m'asseoir, mon téléphone sonne. Je n'ai pas pu décrocher. C'est Romain. Tant pis, je rappellerai plus tard. Il n'a qu'à me laisser un message. Je dévisage les autres membres de l'équipe, mais tout le monde regarde ailleurs. L'ambiance est au beau fixe… Mon téléphone sonne de nouveau. Toujours Romain. Ce n'est pas dans ses habitudes. Je me lève rapidement et essaye de m'isoler dans un coin de la salle.

- Allo ?
- Léo c'est moi. Je te dérange ?
- Oui, tu tombes très mal.
- QG ce soir 19 h, j'ai quelque chose par rapport à ce que tu m'as demandé. Ne te réjouis pas trop vite.
- OK, 19 h ce soir.

J'entends une voix pas très aimable au fond.

- Monsieur Boyer, on vous gêne peut-être ?
- Toutes mes excuses, une urgence.
- On n'attend plus que vous pour démarrer.

Je me rassois en vitesse à ma place. Je la sentais pas très bien cette réunion, je ne le sens plus du tout. Romain a quelque chose…

La réunion a visiblement été compliquée. Je dis **visiblement** parce que je n'y étais pas vraiment. J'avais l'esprit ailleurs. Je me fie aux visages de l'équipe à la sortie pour m'avancer. Je n'ai pas arrêté de penser à mon rendez-vous avec Romain. Il a « quelque chose », mais je « ne dois pas me réjouir ». Ça semble assez contradictoire. Le reste de la journée est à l'image de la réunion. Sans véritable intérêt au regard de ce qui m'attend ce soir. J'ai passé un coup de fil à Marc pendant la pause déjeuner pour le remercier une nouvelle fois du temps qu'il m'a consacré. J'ai appelé ma mère aussi. Mais avec un peu moins de conviction, il est vrai. Les vacances en Bretagne ont l'air de porter leurs fruits. J'ai même eu mon père au téléphone qui n'a pas arrêté de parler de bateaux… C'est sûr que pour éluder le sujet il aurait mieux fallu éviter le séjour à la mer. Mais ils ont la forme, c'est plaisant. J'arrive au QG. Romain est déjà installé en terrasse. Il a l'air en pleine conversation, le smartphone à bout de bras devant lui. Étonnant. Je m'approche de lui, par l'arrière. Plus je m'avance, plus la voix qui sort du téléphone me paraît familière. Je parviens quasiment à voir son écran. Familière… Et pour cause, c'est Lucie ! Je me jette dans la conversation.

- Hello le Canada ! Comment ça va ?
- Salut Léo ! J'allais montrer la vue que j'ai pour ma pause déjeuner à Romain. Regardez tous les deux ! Ce n'est pas magnifique ?
- Si c'est géant, répond Romain. Par contre Lucie, on te rappelle un peu plus tard on dérange tout le monde là, ça ne t'ennuie pas ?
- Non pas de problème. Tant que vous ne m'oubliez pas !
- Aucun risque, rétorqué-je
- BISOUS

Romain raccroche assez vite le téléphone. Il semble soulagé que la conversation se soit terminée. Il me regarde.

- Quoi ?

- Rien
- Je n'aime pas hurler au milieu de tout le monde.
- Je n'ai rien dit !
- Bon, assieds-toi, tu me dois au moins trois verres.
- De ce pas chef.

Il me raconte qu'il a beaucoup hésité à chercher les informations que je lui ai demandées. Mais que, comme c'est moi, il n'a pas eu trop le choix. Il me rappelle ce qu'il encourt à avoir eu de tels agissements et insiste sur le fait que je dois rester très discret sur la provenance des renseignements qu'il va me donner. Je brûle d'impatience.

- Romain je sais tout ça. Qu'est-ce que tu as ?
- J'ai fait jouer un contact que j'ai à la DGSE, on a fait nos classes ensemble. Ça n'a pas été simple, tu m'as fourni vraiment très peu d'informations.
- Romain…
- OK voilà ce que j'ai pu trouver. J'ai un nom et une adresse.
- T'es sérieux ?

- Oui.
- C'est géant !
- Calme-toi. Le nom est très probablement un nom d'emprunt. Et l'adresse est au Pérou. À Cusco.
- S'il a voulu se faire oublier, il n'allait pas partir à Calais.
- Je me doute. Mais j'ai jeté un œil, ça correspond à un restaurant. D'après mon contact à la DGSE, l'information est plausible, mais invérifiable. Je ne peux donc rien te garantir. Tiens, tout est noté là-dessus.
- Merci infiniment, Romain, je te dois un vrai joker.
- Commence par aller nous chercher un autre verre !
- Illico !

Pendant que je pars récupérer deux verres. Je jette un œil sur le papier. Je lis l'adresse. Aucun doute, ça ne peut être que lui.

Celia,

Depuis le début, avec toi, il ne s'est jamais rien passé de très conventionnel. Je crois que cela va perdurer encore un peu. L'idée de te parler sans que tu puisses m'interrompre par un artifice, un mot ou un geste me plaît beaucoup. On n'a jamais ré-évoqué ensemble notre escapade bretonne. Peut-être que tu ne l'assumes pas ou que tu n'en gardes qu'un souvenir éphémère. Toi qui parais toujours si sûre de toi… Quoi qu'il en soit, ce moment avec toi restera, pour moi, comme une parenthèse assez unique. Un événement marquant. Quelque chose qui me servira de leçon, de leitmotiv. Une démonstration aussi. Celle de l'importance de mener sa vie sans avoir à regretter ce que l'on fait, ou plutôt, ce que l'on ne fait pas. Tu m'as offert cela, sciemment ou pas, je n'en sais rien, mais tu l'as fait. En refermant ce coffret avec toi, au pied de cet arbre, je me suis fait la promesse que plus jamais je ne me créerai le moindre regret. Je pense qu'aujourd'hui je peux t'offrir un début de vérité sur ce que tu attends depuis de longues années. Ce début de réponse démarre à l'adresse en bas de cette lettre. La source est fiable. J'aimerais tellement revoir le visage de cette petite fille que j'ai aperçu dans cette maison.

La Symétrie de l'Effet

Demander Leonid Alvarado Farías ,

L'autre Madra

Calle Los Angels, 11, Cusco, Pérou

Chapitre 15

Oui

Les journées ont défilé à une vitesse folle. Entre le boulot, les uns et les autres, je n'ai pas vu le jour. Je n'ai eu aucune nouvelle de Celia. A-t-elle cru à une blague ? A-t-elle mal pris que je m'immisce dans sa vie plus que ce qu'elle aurait voulu ? Marc ne m'a pas lâché avec l'histoire des classeurs. J'ai dû tout lui expliquer. Pour lui, cela a dû ressembler à de la science-fiction. Mais il a fini par comprendre pourquoi j'ai cherché à creuser le sujet, pourquoi aussi, nous ne pourrons pas aller plus loin. Je lui ai demandé encore un peu de réserve sur tout cela. Quelques mois, le temps de savoir ce qu'il y a de mieux à faire. Le temps de mettre un peu les choses au clair dans mon esprit aussi. Vu l'enjeu apparent, je ne veux pas divulguer des éléments que l'on ne maîtrise pas. En même temps, ces documents renferment peut-être des travaux extraordinaires. Je suis toujours pris entre deux feux. Mes parents sont rentrés de Bretagne d'ailleurs. Ils n'ont plus que ce mot à la bouche « Bretagne ». Je ne sais pas quelle mouche les a piqués, mais le venin est proactif. Nous sommes le 3 septembre. Ça ne vous évoque sans doute rien, mais aujourd'hui, c'est le mariage de Romain. Lucie est arrivée hier soir du Canada. Je ne l'ai pas encore vue. J'ai hâte. Cette journée va nous faire du bien, à tous. J'approche de l'Hôtel de Ville où aura lieu la cérémonie civile. Il n'y en a pas de religieuse. Au grand dam de quelques-uns d'après Romain. Mais les générations évoluent et les dogmes d'autres époques sont révolus. Il fait un temps magnifique. C'est une belle journée pour un mariage. J'approche de l'entrée de la mairie, il y a déjà du monde. Je reconnais les parents de Romain que je m'empresse de saluer. Ils arborent le sourire des grands jours. De l'autre côté, je distingue des têtes qui me sont inconnues, ça doit être de la famille à Clémentine. Je vais me présenter pour mettre fin à mes interrogations. J'avais raison, ses parents, sa sœur (très jolie au demeurant) et des amis proches de la mariée. Dont un témoin. Je fais rapidement connaissance avec ma consœur. Un taxi s'arrête devant nous. La portière arrière s'ouvre. Une jambe sort de l'habitacle, puis l'autre. C'est Lucie. Elle porte une robe bleue sublime. Je crois ne jamais l'avoir vue aussi élégante. Elle est maquillée subtilement et de façon très naturelle. Elle est resplendissante. Je profite des quelques secondes pendant lesquelles elle ne me voit pas pour l'observer. Si elle me savait en train de la dévisager comme ça, elle râlerait. Ça me fait tellement plaisir de la voir, et particulièrement de la voir ainsi. Elle a bien meilleure mine que les derniers temps avant son départ. Le plus étrange, c'est qu'elle n'ait pas son appareil photo avec elle. C'est véritablement le signe qu'elle souhaite profiter pleinement de ce moment. Elle cherche autour d'elle des visages connus. Elle finit par me repérer. Elle arbore dès lors un profond sourire. Elle presse le pas vers moi. À peine ai-je le temps de l'apercevoir arriver qu'elle est dans mes bras.

- Si tu savais comme vous m'avez manqué tous les
deux. Je suis tellement heureuse de te voir.

Lucie me serre fort. J'approche ma bouche de son
oreille et reprends à voix basse.

- Toi aussi tu nous as manqué. Tu m'as énormément manqué.

Elle me relâche.

- Tu es vraiment élégant comme ça Léo.
- Tu n'es pas mal non plus. En fait, tu es resplendissante. À croire que l'air du Canada t'a fait un
bien fou.
- Je me sens très bien. Je ne m'étais pas sentie aussi
bien depuis longtemps.
- Tu as fait un peu le tour ?
- Oui, viens, je vais te présenter notre consœur. La
témoin de Clémentine.

Je lui indique d'un geste de qui il s'agit.

- Léo…

- Quoi ?
- Je comprends mieux pourquoi tu tiens tant à jouer les entremetteurs…
- Ce n'est pas ce que tu crois… Il ne faut pas traîner, l'heure tourne.

Lucie et moi faisons un dernier tour pour faire connaissance avec tout le monde.

Voilà, c'est le grand moment. Je suis installé à la meilleure place. Aux premières loges pour contempler les futurs époux. Je ne sais pas ce qu'il se passe en ce moment dans la tête de Romain et de Clémentine. À cet instant précis, lorsqu'on s'apprête à entrer dans cette pièce comme deux amoureux pour en ressortir unis pour la vie, pense-t-on à l'avenir ? Au passé ? Au présent ? Sans doute à tout ça en même temps. Je n'en ai pas la moindre idée. Lucie à côté de moi semble très sérieuse. Comme nous tous, elle est emportée par la solennité du moment. Tout le monde autour se tait et a les yeux rivés vers l'entrée de la salle. On entend des bruits de pas. C'est Romain qui arrive. Au bras de sa mère. Il est incroyablement beau. Il porte un costume absolument parfait, taillé au millimètre. On comprend que chaque détail a été préparé avec soin. Il fixe l'allée droit devant lui, il évite scrupuleusement de regarder l'assemblée. Il avance jusqu'à sa place avec beaucoup de calme. Arrivé à notre hauteur, il nous regarde. J'ai vu dans ce regard énormément d'émotion. Il se positionne devant le magnifique siège qui lui est réservé et se tourne, comme nous tous, vers l'entrée. Il ne manque plus que Clémentine. C'est d'abord son père que je distingue. Je le connais mal, mais n'importe qui aurait lu de la fierté sur son visage. À son tour, elle fait son apparition aux yeux de tous, au bras de son papa. J'entends Lucie qui laisse échapper sa stupéfaction devant ce que Clémentine dégage. Elle est à couper le souffle. Absolument incroyable. Elle est belle comme le jour. Sa robe, en fine dentelle, fait apparaître le haut de sa poitrine. La traîne en soi masque tantôt sa jambe droite tantôt sa jambe gauche à mesure qu'elle marche. Elle tient dans ses mains un bouquet coloré. Elle se mord la lèvre inférieure. Elle n'échappe pas à l'émotion ambiante qui règne ici. Petit à petit, elle se rapproche de Romain qui la dévore littéralement des yeux. Je regarde

Lucie qui me répond par un geste de la tête qui ne ment pas, elle aussi est subjuguée par la beauté de Clémentine. Elle me glisse un mot à voix basse.

- Ils ont mis la barre incroyablement haut.

J'acquiesce silencieusement. Après quelques secondes pour permettre à tous de reprendre ses esprits, monsieur le Maire demande à toutes et tous de s'asseoir et débute la cérémonie. Une rapide introduction, la lecture des textes. Puis il invite les futurs époux à prononcer leurs vœux. Nous connaissons tous la phrase magique… L'un après l'autre, ils formulent un « OUI » profondément démonstratif. Ces deux là se regardent comme jamais je n'ai vu personne se regarder. C'est fou. C'est à nous de jouer notre rôle, nous allons signer le registre. Je me suis appliqué pour faire ma plus belle signature. Je crois qu'elle est réussie ! Nous sommes peu à peu sortis et avons joué le jeu des photos. J'ai eu droit aux commentaires de Lucie sur l'exposition ou le cadrage choisi par le photographe. J'ai bien senti que ça la démangeait de voler l'appareil photo pour elle-même faire les clichés, mais rassurez-vous, elle s'est tenue. Dès que l'occasion s'est présentée, j'ai embarqué Lucie pour aller féliciter les jeunes mariés. Nous les embrassons, chacun notre tour.

- Vous êtes absolument magnifiques. Toutes mes félicitations, s'exclame Lucie.

Elle se tourne vers Clémentine.

- Ta robe est à tomber.

Elle reprend à voix basse.

- Romain n'a jamais été aussi beau qu'aujourd'hui.

Gênée, Clémentine répond.

- Merci Lucie.

Je les félicite à mon tour.

- Clémentine, tu es ravissante. Bravo à tous les deux.

Je pose une main sur l'épaule de Romain.

- Mon vieux, je crois qu'on est en train de vivre une sacrée tranche de vie. Je suis si heureux pour toi.

Je sens Romain très ému.

- Si vous saviez comme je suis aux anges…

Je ne sais pas vous, à chaque fois que je suis à un mariage, je me fais la même réflexion. On découvre les gens qui partagent le quotidien des mariés. On découvre qui compose leur cercle d'amis. Parfois, on comprend certaines choses, on met des visages sur des anecdotes, on est surpris aussi. Nous sommes au vin d'honneur et je remarque tout cela avec beaucoup d'amusement. J'ai perdu Lucie de vue. Elle doit être à droite, à gauche à discuter avec tout le monde. Elle est dans son élément. Je m'assois quelques instants à côté de la mère de Romain.

- Je pense que je n'ai jamais vu votre fils comme ça.
- Rassure-toi Léo, moi non plus. Ça me fait tellement drôle. Tu verras le jour où tu marieras un enfant !
- Oh vous savez, j'ai encore le temps avant ça !
- C'est ce qu'on croit toujours, et puis, un jour, on relève la tête et on est en train de marier son fils.

- À force de l'entendre, on finit par penser que c'est vrai…
- D'ailleurs Léo, je ne t'ai pas vu accompagné, tu es seul dans la vie ?
- Eh oui…
- Un bel homme comme toi, tu dois vraiment le faire exprès !
- Est-ce que je peux, éventuellement, vous donner le numéro de deux ou trois personnes à qui il faudrait expliquer ce que vous venez de dire ?

Elle rit.

- Volontiers !
- Ne me tentez pas…

Romain ne me parle pas souvent de ses parents, j'en profite pour rattraper un peu mon retard. Je les apprécie vraiment beaucoup. Ce sont des gens simples et très attachants, à l'image de Romain. Je finis tout de même par échanger avec d'autres têtes qui me sont plus étrangères. J'aime beaucoup cet exercice même si je ne suis jamais très à l'aise. Tout le monde ne tarit pas d'éloges envers les mariés. Que ce soit concernant la cérémonie ou les personnes qu'ils sont. Je réalise au fur et à mesure qu'ils sont profondément aimés par l'ensemble des gens ici présents, c'est vraiment beau à voir. Je scrute autour de moi, toujours pas de trace de Lucie. Très étrange. J'aperçois le témoin de Clémentine qui se retourne vers moi.

- Ils sont sublimes, non ?
- Ils sont dingues…
- Tu connais Romain depuis longtemps ?
- Beaucoup moins longtemps que tu ne connais Clémentine. Je crois savoir que tu es une amie d'enfance, je me trompe ?
- C'est exactement ça. On se connaît depuis l'école primaire.
- Oui effectivement… Je côtoie Romain depuis une dizaine d'années. On s'est rencontré pendant nos études. Tout comme Lucie, l'autre témoin. D'ailleurs, tu ne l'aurais pas vue ? Je l'ai perdue !

- Non absolument pas, désolé. Elle n'a pas dû aller bien loin.
- Certes…
- Et toi alors ? Tu n'es pas accompagné ?

Décidément, je crois que c'est marqué sur mon front.

- Non du tout. Un vrai célibataire, tout ce qu'il y a de plus authentique.

Elle me sourit.

- Je vois. J'ai longtemps fait partie des authentiques.

Elle me fait un clin d'œil.

- Mais je suis passé de l'autre côté assez récemment.

Je suis tenté de glisser un « c'est bien dommage », mais je me retiens.

- C'est chouette ! J'espère que tu vas attraper le bouquet alors !
- Calmons-nous, j'ai tout le temps pour ces choses-là.

Soudain, je sens une main sur mon épaule, c'est Romain. Il s'adresse à mon interlocutrice.

- Désolé, je te l'emprunte.

On s'éloigne de quelques pas. Il me regarde avec son sourire des grands jours.

- Laisse tomber l'ami, elle vient de trouver son prince charmant !
- Je sais.
- Puisque tu sais tout, tu sais donc où est Lucie ?
- Non ! Ça fait un moment que je ne l'ai pas vue !
- Et tu t'en moques ?
- Non, je commence à me demander où elle est passée !
- Elle est ici.

Il me tend un morceau de papier.

- Ici ? Comment ça ?
- Elle est partie se changer, elle m'avait prévenu. Elle m'a laissé l'adresse où il faut aller la récupérer. Mon père devait y aller, mais je me suis dit que tu pourrais y faire un saut.
- Oui bien sûr !

J'attrape le papier.

- Elle vient de me faire un texto pour me dire qu'elle est prête. Je peux lui répondre que tu pars ?
- Je file !
- Merci, à tout de suite ! On débute la soirée vers 20 h, ne traînez pas !

Je rejoins ma voiture, démarre et rentre l'adresse dans mon GPS. Sacrée Lucie, elle aurait pu me dire qu'elle s'était éclipsée !

Chapitre 16

20 h 05, Saint-Exupéry

J e suis à l'adresse indiquée sur le papier. Il est 20 h 05, nous avons déjà cinq minutes de retard sur l'horaire. Je ne veux pas rater le début de la soirée, c'est souvent là que c'est le plus agréable. Je décide d'appeler Lucie.

- Coucou, qu'est-ce que tu fabriques ? On nous attend.
- J'arrive Léo.
- Tu arrives ? Mais tu es où ?
- Ici.

Je détourne le regard, surpris d'entendre le son à la fois par le téléphone et derrière moi. Lucie s'approche, vêtue de la même façon que tout à l'heure. Je ne comprends définitivement rien.

- Je croyais que tu devais te changer...
- Oui, mais finalement je suis très bien comme ça. Non ?
- Si si... Simplement ça nous aurait fait gagner du temps que tu t'en rendes compte avant de venir ici. Et d'ailleurs, c'est quoi cette adresse ?
- Celle d'une amie. Je ne suis pas chez mes parents, elle m'héberge pendant ma venue en France.
- Si tu le dis. On y va ?
- Oui Léo, allons-y.

Je prends le chemin de la voiture. J'avance de quelques pas, mais je distingue que Lucie ne bouge pas. Elle s'adresse à moi.

- Léo, c'est dans l'autre sens.
- Non, je suis garé là-bas, je t'assure.
- Léo, tais-toi et viens ! reprend-elle d'un ton autoritaire.

Je fais demi-tour et la suis sans poser de questions.

- Je te promets qu'on aurait plus vite fait de l'autre côté.
- On ne va pas à la voiture.
- C'est tout de même plus pratique pour retourner au mariage.

Nous marchons quelques secondes et nous nous arrêtons devant un café. Lucie me regarde.

- C'est là que tu vas.
- Qu'est-ce que tu me fais Lucie ? On nous attend !
- Léo, fais-moi confiance. Rentre là-dedans.

Elle consulte son téléphone.

- Sur ta gauche en entrant. Tu sauras où aller. Moi, c'est ici que je te laisse, effectivement on m'attend.

Elle se rapproche de moi, et dépose un bisou sur ma joue. Lucie devine dans mon regard que je suis perdu.

- Léo, fais-moi confiance. Action.

Je vois Lucie s'éloigner et appeler un taxi. À peine ai-je le temps de reprendre mes esprits qu'elle est montée et que le véhicule a démarré. Je me retrouve seul avec moi-même. Je ne comprends absolument rien à la scène qui s'est joué ces trois dernières minutes. L'unique chose que je crois avoir retenue c'est qu'il me faut rentrer dans le café, avancer sur ma gauche. Le reste, aucune idée. Je m'exécute et entre. Je scrute chaque personne, chaque mouvement, chaque geste. Je suis à la recherche du moindre indice qui me permettrait de mettre du sens à tout ça. Par réflexe, je regarde à droite. Toutes les tables sont prises, mais il règne un calme étonnant au regard du monde présent. Je tourne la tête sur la gauche. J'observe un spectacle assez similaire. Beaucoup de personne, un bruit contenu. Je remarque cependant un détail troublant. Un espace vide, dans le fond. En continuant mon mouvement d'exploration, je comprends. Elle est assise à une table, à l'écart de la foule. Mon regard plonge dans ses yeux. Non, je sens que c'est plus que ça. C'est toute une partie de moi qui s'y jette. Je me rapproche d'elle en continuant de la fixer. Nous n'échangeons pas un geste, pas un mot, seulement nos regards. Je m'avance. Je suis à sa hauteur. On ne s'est toujours pas lâché du regard. Je m'assois devant elle. Elle finit par regarder vers le sol quelques instants. Mais, très vite, son visage refait face au mien. Elle passe la main dans ses cheveux pour les remettre en ordre. C'est la petite fille de la photo que j'ai devant moi. Celle que j'ai vue pendant un weekend il y'a maintenant plusieurs semaines. Elle sourit comme jamais elle ne m'a souri. Elle est maquillée et apprêtée avec beaucoup d'élégance. Elle porte un tailleur très serré qui met sa silhouette en valeur. Je la sens gênée et en même temps quelque chose dans ses yeux pétille. Autour de moi, tout s'arrête. L'ombre d'un moment tout se mélange dans mon esprit. Le calme règne brutalement. Je revois son arrivée à l'aéroport, la route pour « aller voir la mer », notre entrée dans cette maison vide et froide. Notre promenade le long du sentier jusqu'à Crozon. Notre bataille de crème, notre restaurant, notre sortie en mer. Tout notre week-end repasse à une allure folle. Je sens l'émotion qui monte en moi. Je la contiens de toutes mes forces. Je n'avais pas prévu ça. Je suis dans l'improvisation la plus totale. Elle regarde dehors. Je suis son regard pour porter le mien dans la même direction. Ne plus se regarder l'un l'autre, mais regarder ensemble dans la même direction. Le soleil est très bas, il démarre son coucher. Je profite de cet instant, j'inscris chaque seconde qui passe au plus profond de ma mémoire. Je sais que je suis en train de vivre un moment rare. Je jette un coup d'oeil furtif vers elle. J'aperçois une larme qui coule. Spontanément, je lui tends ma main, posée sur la table. Je ne réfléchis plus, il ne s'agit plus de respecter la moindre stratégie, il s'agit de ne pas regretter ce qui est en train de se jouer. Elle glisse sa main dans la mienne délicatement. Elle est gelée, tremblante. Sa peau est douce, ses doigts sont ornés de deux bagues fines et brillantes. Je replonge mon regard dans la même direction que le sien qui n'a pas bougé depuis tout à l'heure. Nous restons de longues secondes ainsi. Je sens sa main serrer la mienne plus fermement. Elle finit par me regarder, les yeux complètement humides. Elle brise le silence. Sa voix est haletante.

- Salut Léo…

Je suis pendu à ses lèvres, incapable de parler. Elle le ressent.

- Visiblement, je ne suis pas la seule à être un peu prise par l'émotion. Elle essuie les larmes qui glissent sur son visage.

Je fais non de la tête. Elle poursuit.

- C'est compliqué tout ça.

J'arrive de moins en moins à masquer mon bouleversement. Elle le voit. Elle me caresse la joue et place sa main sous mon menton. En relevant doucement ma tête, elle reprend.

- Regarde-moi.

Je m'exécute.

- Tout va bien, continue-t-elle.

Je sors difficilement de mon mutisme et ajoute, la voix tremblante.

- Bien sûr.

Sa main retombe dans la mienne. Elle enchaîne.

- Je ne sais pas trop par où commencer…
- C'est quoi tout ça ?
- Je vais tout t'expliquer. Promets-moi juste une chose.
- Tout ce que tu veux.
- Ne m'interromps pas, laisse-moi aller au bout de ce que j'aimerais te dire.
- Je t'écoute.
- Le week-end en Bretagne t'interroge. Comment ça pourrait en être autrement ?

Elle s'arrête quelques secondes puis reprend.

- J'ai souvent eu envie de partager mon histoire avec quelqu'un. Mais je n'ai jamais rencontré une personne capable de ça. Personne… avant toi. On ne se connaît pas très bien. Mais il y a quelque chose chez toi qui me pousse à te faire confiance. Je l'ai très vite senti. Tu es différent des gens que j'ai côtoyés jusqu'alors. Je ne sais pas pourquoi, mais c'est ainsi. Lorsque tu m'as parlé du départ de Lucie, j'ai vu que ça t'affectait et que tu avais besoin de te changer les idées. Alors je me suis livré au petit numéro de débarquer à l'improviste à l'aéroport. Saisissant l'opportunité de prendre le large avec toi, de changer d'air et de pouvoir enfin partager un peu ma vie. J'ai beaucoup aimé notre week-end là-bas. Ça faisait des années que je n'avais pas été aussi heureuse d'être dans cette maison. Et c'est en grande partie grâce à toi. Oui, au cas où tu en douterais, j'ai adoré notre escapade. Tout comme toi… Je le sais, tu n'es pas vraiment doué pour dissimuler ces choses-là Léo. Mais tu le sais aussi, je ne fonctionne pas comme toi. Je ne suis pas faite pour les vraies histoires. J'aime m'amuser, c'est ce que je cherche, rien de plus… Le reste me rebute. Tu comprends ?

Je fais un signe de la tête, complétement pantois face à ce que je viens d'entendre.

- Ça n'enlève rien à notre week-end et à ce qu'on a partagé tous les deux. Je ne me suis pas joué de toi, j'ai été sincère dans ma démarche. Ma démarche qui était de partager qui je suis. J'ai toujours dit qu'il n'y aurait aucune ambiguïté entre nous. C'est le cas. Et tu étais d'accord avec ça. Je dois reconnaître néanmoins qu'après la Bretagne je me suis posée quelques questions. Je n'avais pas prévu de voir quelqu'un comme toi débarquer dans ma vie comme tu l'as fait. Mais je reste convaincue que malgré tout le bien que tu m'as apporté, je n'avais pas d'autre place à t'offrir que celle du complice d'un temps. Tu es toujours avec moi ? dit-elle en souriant.
- Oui, fidèle au contrat, je ne t'interromps pas.

- Merci… Et puis il y a eu ce mail. Ce mail où tu as évoqué la Bretagne pour la première fois depuis notre retour. Ce mail où j'ai réalisé que ce moment-là avait aussi compté pour moi. Davantage que ce que je voulais bien me l'avouer. Ce mail dans lequel tu me laissais une adresse…

Je la regarde brusquement avec plus d'insistance. Elle le remarque indéniablement.

- Je suis allée au Pérou. Je suis allée à l'adresse que tu m'as indiquée. Si ça n'avait pas été toi, je n'y serais jamais allée sans doute. Mais parce que c'est toi, j'ai sauté dans le premier avion.

Elle fond littéralement en larme. Elle pleure subitement de tout son être. Je pose ma seconde main sur la table et je prends ses deux mains dans les miennes.

- Et ?

Après un long silence, elle répond.

- Il était là. Mon père. Dans ce restaurant. Quand il m'a vue, il ne m'a pas immédiatement recon- nue, cachée par mes lunettes et mon chapeau. Lorsque je me suis présentée de vive voix, il a compris. Il a compris que sa fille venait chercher la vérité. Mais peu importe, tout ça est une autre histoire.

Elle regarde de nouveau vers l'extérieur. La nuit est tombée entre temps.

- Ce que je veux te dire c'est que ce voyage a été une prise de conscience. Il t'a remis au centre de ma vie. C'est difficile de te fuir, tu le sais ça ?

Elle sourit.

- Quand je garde le silence, tu reviens avec des ré- ponses à des questions que je n'ose plus me poser. Quand je suis à l'autre bout du monde, tu es partout autour de moi. Pourtant on ne peut pas dire que je t'ai beaucoup aidé. Je ne t'ai laissé ni beaucoup de place ni beaucoup de temps. Chacun se bat avec ses propres armes, non ?

Elle continue.

- Parfois, des rencontres ne tiennent pas à grand-chose. Si tu ne m'avais pas parlé de Lucie, je ne serais jamais venue à l'aéroport. Et je ne serais pas là non plus, tu t'en doutes. Il y a des choses que je ne sais pas faire. Je me suis plantée sur toute la ligne avec toi. Je me suis plantée parce que tu me faisais peur. Tu as débarqué sans prévenir et je n'étais pas prête. Un faux départ. Maintenant, je le suis. Parce que c'est toi. Je crois que tu as raison, peut-être a-t-on un bout de chemin à faire tous les deux. J'ai envie de prendre le risque en tout cas. Si tu es d'accord, bien sûr. Je suis désolée d'avoir tout mélangé. Je suis désolée d'avoir pris du temps pour comprendre. J'espère que tu m'en voudras pas trop.

Je fixe Celia comme pour chercher une once de vérité dans ce qu'elle vient de me dire. Est-ce bien la réalité ? Je me lève et l'attrape par la main. Elle prend ses affaires avec habileté dans le mouvement que j'impose jusqu'à la sortie. Une fois dehors, je pose mes mains sur sa taille. Elle m'enlace. Sans aucun mot, je pose mes lèvres sur les siennes. Elle resserre son étreinte. J'accentue la mienne. Nous nous laissons aller l'un pour l'autre. Lorsque nos bouches se séparent, elle pose son front contre ma joue. Elle pleure. Moi aussi. Je la serre contre moi. Nous déambulons ainsi quelques minutes à l'air libre. Nous reprenons peu à peu nos esprits à mesure que le temps passe. Nous finissons par nous asseoir face à la Seine. Celia me raconte les retrouvailles avec son père. Elles ne se sont pas très bien déroulées. Passée l'émotion des retrouvailles, elle lui a demandé des explications sur sa disparition. Il a été menacé suite à ses travaux de recherche. Les menaces visaient Celia et sa mère. Il ne sait pas exactement par qui. Mais c'était sérieux. Il n'a pas eu d'autres choix que de protéger ses proches. Ce qu'il a fait. Celia ne digère pas le fait qu'il n'ait jamais donné le moindre signe de vie, qu'il n'ait pas eu le courage de ça après la tempête. D'après son père, c'était impossible. Celia ne le croit pas.

- À mon avis, il n'a jamais eu le courage d'affronter son départ. Il avait retrouvé une zone de confort au Pérou qu'il n'a jamais plus lâchée.
- Il a cherché avant tout à vous protéger.
- C'est ce qu'il dit. Mais dans le fond, je n'en sais rien. D'ailleurs, il m'a donné quelque chose pour toi.
- Comment ça ?
- Il a posé des questions sur la façon dont j'ai retrouvé sa trace. Je lui ai parlé de toi, des classeurs et du reste. Quand on s'est quitté, il m'a donné cette enveloppe pour toi. Il a dit que ça serait plus simple et que tu m'expliquerais.

Elle cherche dans son sac à main et me tend l'enveloppe.

- Tu veux l'ouvrir maintenant ?
- Non Léo, je suis fatiguée de tout ça. J'ai envie de me changer les idées.
- J'ai exactement ce qu'il te faut !
- Quoi donc ?
- Viens avec moi.

On récupère la voiture. J'envoie un texto à Lucie.

Lucie, j'arrive avec elle

Je démarre la voiture et sort du stationnement. Celia me regarde interrogative. Je surprends son regard.

- Léo, on va où ?
- À mon tour de t'embarquer dans ma vie.

Epilogue

- Oui M'man, je te fais un mot quand je suis bien arrivé sur Paris. Vous sortez avec papa ce soir ?
- Oui, ton père m'cmmène manger sur le front de mer.
- On dirait que l'air breton lui fait du bien. Depuis que vous avez quitté la région parisienne, il est vraiment différent.
- Oui, c'est certain. Allez, file. Et embrasse Ambre pour nous.
- Je ne passerai pas à côté de l'occasion que tu me donnes.

Elle rit.

Je démarre la voiture et sors de l'allée devant la maison de mes parents. Le bruit des graviers déplacés par les roues se fait entendre. Je prends le chemin qui mène à la départementale. J'aperçois le golfe du Morbihan face à moi, plus majestueux que jamais. Je roule pendant plusieurs minutes. La bifurcation apparaît. À droite, la route de Paris, à gauche, celle opposée. Je tourne à gauche. J'ai une heure quarante-cinq de trajet devant moi. Je suis rapidement sur la nationale 165. Je plonge dans mes pensées. Les années passent, mais certains souvenirs demeurent, comme celui de mon premier week-end en Bretagne. Au bout d'une heure, je m'arrête quelques instants. J'appelle Ambre.

- Bonsoir Amour.
- Bonsoir toi. Tout va en Bretagne ?
- Oui, c'est parfait. Il manque juste toi.
- Tes parents ont la forme ?
- Comme jamais.
- Tout va bien ?
- Oui pourquoi ?
- Je ne sais pas, ce coup de fil n'est pas très habituel, mais je ne m'en plains pas !
- C'est vrai, j'avais simplement envie d'entendre la voix de l'amour de ma vie.
- Elle te manquait ?
- Comme à chaque fois que je suis loin d'elle.
- Elle en a de la chance !

- Oui… Je serai de retour demain soir comme prévu.
- J'espère bien ! Je te laisse Amour, on m'attend.
- Ils sont déjà là ? Ne me dis pas qu'ils sont à l'heure ?!
- Si ! Ils m'attendent…
- Embrasse Romain, Clémentine et mon filleul pour moi.
- Et moi ? Je compte pour du beurre ?
- Et toi aussi… D'abord même !
- Je préfère ça.
- Bonne soirée Amour.
- Bonne soirée.

Elle me manque vraiment. Mais elle ne comprendrait pas. Je suis dans mon jardin secret. On s'est promis tous les deux qu'on garderait un espace qui nous est propre. Je ne lui mens pas. Je suis juste dans mon jardin. Je l'aime plus que tout. Je reprends la route. D'une traite jusqu'à ma destination. Rien n'a vraiment changé. Le coin, encore très calme. Ce chemin qu'on a toujours du mal à trouver. Je m'y engage, jusqu'au bout. J'arrive devant la maison. Je coupe mon téléphone et le range dans la boîte à gants. Je distingue de la lumière émanant de l'autre côté de l'entrée. Je rentre. Monte les escaliers. Les portes qui donnent sur la terrasse sont ouvertes. Elle est assise face à la mer. De dos. Je m'approche d'elle. Je dépose un baiser sur une première joue et un geste d'affection sur la seconde puis je m'installe à côté d'elle. Je l'interroge sans attendre.

- Tu es allée sur La Madra ?
- Oui, rien n'a bougé, tout est là, tout va bien.

Elle tourne son regard vers moi et reprend.

- Ça faisait un moment…

Je la regarde à mon tour.

- Oui. Mais c'est comme si c'était hier.
- Pour moi aussi.

Elle reprend.

- Tout le monde va bien ?

- Oui ! Lucie est en reportage en Australie, elle parcourt encore le monde. Romain est chez moi avec sa petite famille et l'amour de ma vie.
- Ambre sait que tu es là ?
- Non

Elle fixe l'horizon.

- Un jour, il faudra que tu lui dises Léo…

Le silence reprend ses droits quelques instants. Je lui tends la main.

- Viens, on va prendre l'air.

Elle la saisit.

- Oui, j'étouffe.

Avant de se quitter

Vous pouvez continuer à suivre cette aventure sur le site internet du roman : https://www.la-symetrie-de-leffet.com. Je relayerai toutes l'actualité du livre mais aussi divers articles pour approfondir encore l'univers de La Symétrie de l'Effet.

Tout n'est peut-être pas fini…

Imprimé par CreateSpace

www.ingramcontent.com/pod-product-compliance
Lightning Source LLC
Chambersburg PA
CBHW030644260626
47157CB00007B/2480